로크미디어가
유혹하는
재미있는 세상

ROK
MEDIA
로크미디어

이것이 법이다

이것이 법이다 94

2020년 8월 10일 초판 1쇄 인쇄
2020년 8월 13일 초판 1쇄 발행

지은이 자카예프
발행인 이종주

총괄 김정수
경영 지원 배진경 임혜솔 송지유

기획 이기헌 왕소현 박경무 강민구
책임 편집 최전경

발행처 (주)로크미디어
출판등록 2003년 3월 24일
주소 서울시 마포구 성암로 330 DMC첨단산업센터 3층 318호, 319호
Tel (02)3273-5135 **편집** 070-7863-8592 **Fax** (02)3273-5134
홈페이지 rokmedia.com **E-mail** rokmedia@empas.com

값 8,000원

ISBN 979-11-354-5678-7 (94권)
ISBN 979-11-255-9575-5 04810 (세트)

이것이 법이다

94

자카예프 장편소설

로크미디어

CONTENTS

신이 아닌 인간이었던 자들

"아이사코 공주가 저렇게 예뻤어?"

"우와, 장난 아니다."

아이사코가 전문가에게 화장을 받고 공식 석상에 나서자 사람들은 수군거렸다.

요히토는 그러한 사람들의 반응을 보고 흡족한 얼굴이 되었다.

"이제야 내 딸이 자기 자리를 찾아가는 것 같군요."

또래들과 다르게 화장도 제대로 하지 못하는 갑갑한 삶. 그게 아이사코 공주의 인생이었다.

그런데 많이 바꾼 것도 아니고 오로지 화장 하나만 바꿨을 뿐인데 사람들의 반응이 확연하게 달라졌다.

"당연합니다. 지금은 공정한 시대가 아니니까요."

과거에는 화장술이라고 할 만한 것이 별로 없었다.

당연하게도 모조리 쌩얼이니, 어지간히 압도적인 외모가 아니라면 외모적으로 크게 차이가 날 일이 없었다.

하지만 이제 모두가 화장을 하는 시대.

당연하게도 전통이라는 이름하에 화장을 하지 못하던 아이사코 공주는 상대적으로 외모가 떨어져 보일 수밖에 없었다.

더군다나 그녀의 사촌인, 타이토의 두 딸의 외모가 상당했으니…….

"이제야 좀 자유스러워 보이는군."

요히토 황태자는 자신의 딸을 보면서 왠지 서러움이 솟아났다.

잘못한 것도 없는데 평생을 황실이라는 그림자에 갇혀 살아온 자신의 딸이 너무 불쌍했기 때문이다.

"하지만 전하, 이번 일을 궁내청에서 좋게 보지 않습니다."

몇 안 되는 요히토의 부하가 걱정스럽게 말했다.

그런 부하의 말에 요히토는 코웃음을 쳤다.

"그 인간들이 언제 우리에 대해 좋게 생각한 적 있는가?"

"그건 그렇습니다만…….'

"어차피 그치들은 나를 몰아내려고 혈안이 되어 있네. 같이 가지 못할 놈들이야."

타이토가 아들을 가졌다는 이유 하나만으로 궁내청은 천

황에게 요히토를 폐하고 타이토를 황태자로 임명하도록 좋게 말하면 요청, 나쁘게 말하면 요구하고 있었다.

요히토는 자신들의 말에 반기를 들면서 개혁을 하려고 했기 때문이다.

일단 요히토가 일왕이 되면 그 이후에 다시 타이토가 권력을 잡는다고 해도, 요히토의 권력이 못해도 10년은 유지될 것이다.

궁내청이 일본의 황실을 보좌하는 업무를 하는 곳이라고 하지만 엄밀하게 말하면 천황가의 신하다.

그런데 지금의 궁내청은 그걸 넘어서 차기 천황조차도 자신들이 입맛에 맞는 사람을 내세우려고 하는 것이다.

과거 같으면 반역으로 구족을 멸해도 부족함이 없는 행동이지만, 지금의 그들은 차기 천황을 고르는 권한이 자신들에게 있다고 단단히 착각하고 있다.

그리고 요히토는 그걸 그냥 두고 볼 생각이 전혀 없었다.

고작 회사 직원이 회사의 회장에게 후계자를 바꾸라고 요구하고 있는 꼴이 아닌가?

"그들은 어차피 우리를 좋게 보지 않고 있네. 그러니 그들이 뭐라고 하든 우리가 신경 쓸 일은 없네. 어차피 저들의 최종 목적은 나의 몰락 아닌가?"

"그건 그렇습니다만……."

"그들은 감시는 하되 너무 신경 쓸 필요는 없어. 중요한 건 외부의 상황이야. 어떤가?"

갑자기 인터넷에 불기 시작하는 천황의 복권 운동.

그 때문에 사람들은 드디어 천황가에 관심을 가지기 시작했다.

물론 그게 정치적 지지로 연결되는 것은 아니지만.

"그런 활동을 하는 조직들을 발견했습니다만, 사실 대부분 힘도 없고 지원도 불가능합니다."

"흠……."

요히토는 눈을 찌푸렸다.

지난 수십 년간 황실은 모든 힘을 잃어버렸다.

이제 와서 권력을 되찾는 게 쉬울 리 없다.

"신동하라는 작자에 대해서는?"

"대동 그룹의 삼남입니다만 사실상 방출된 자로……."

줄줄이 나오는 신동하의 정보.

그리고 그 정보의 말미에서 요히토는 의외의 사실을 알았다.

"한국과 손잡은 듯하다고?"

"그렇습니다. 대부분의 돈이 중국계 자금으로 들어오기는 하지만 실질적으로는 한국에서 오는 것으로 보입니다."

"한국이라……."

"위험한 상황입니다, 전하."

안 그래도 황태자 일가를 좋아하지 않는 궁내청이다.

그가 한국과 연관되어 있다는 사실을 안다면 가만히 있을 리 없다.

더군다나 그 미친 꼰대들은 아직도 한국을 일본의 속국이라 생각한다.

그러니 한국의 지원을 받는 사람의 지원을 받는다고 하면, 나라가 망한다고 거품을 물 게 뻔했다.

"마음대로 하라고 해."

"전하?"

"어차피 한 번은 할 일이었어."

그가 천황이 되면 한 번은 정리해야 할 궁내청이었다.

그들이 한두 해 그러는 것도 아니고.

"도리어 내가 천황이 되면 그때는 더 힘들 수도 있어."

먹는 것 하나까지 통제하는 그들이다.

농담이 아니라, 21세기인 지금 재수 없으면 그들에 의해 독살당할 수도 있는 일이다.

그들이 미는 것은 오매불망 타이토뿐이니까.

"그리고 그의 말이 맞아. 우리가 정치를 하지 못하는 거지, 우리 지지 세력이 정치를 못 하는 건 아니야."

황태자 일가에 충성을 바치는 지지 세력을 외부에 만들 수 있다면 꼭 요히토가 정치에 나설 이유가 없다.

그리고 종전 이후 처음으로 그렇게 해 주겠다는 집단이 나타났다.

"어쩌면 지금이 우리에게 주어진 유일한 기회일 수도 있어."

"전하……."

요히토의 말에 부하는 고개를 숙였다.

슬픈 일이지만 틀린 말이 아니었기 때문이다.

현재는 그가 황태자이기에 자신이 곁에 있을 수 있는 거지, 후일 그가 천황이 되면 자신은 옆을 지키지 못한다.

궁내청에서 그가 가진 모든 손과 발을 자르기 위해 혈안이 될 테니까.

오죽하면 현 천황조차도 그들이 두려워서 탄원서 하나 제대로 읽지 못하고 수천 년을 이어 온 천황가가 자신의 대에서 끊어질 것을 두려워하겠는가?

"더군다나 움직이는 것은 우리가 아니지 않은가?"

"그건 그렇지요."

"하지만 신동하가 도대체 어떻게 움직이려는 건지 모르겠군."

요히토는 그게 궁금했다.

⚖

"의외네. 불가하다고 나올 줄 알았더니."

노형진은 머리를 긁적거렸다.

사실 화장 전문가를 보낸다는 계획은 틀어질 가능성이 높았다.

한국 사람들은 잘 모르지만, 천황이 권력을 휘두르는 것은 일본의 헌법 차원에서 불가능하다.

일본 헌법을 좀 노골적으로 직역하면 천황이라는 존재는 '도장이나 찍는 노예'다.

어느 정도냐면, 천황이 사탕 하나 사려고 편의점에 가는 것도 궁내청의 허락을 받아야 하는 수준이다.

그래서 당연히 허락이 떨어지지 않을 거라 생각했다.

"그런데 왜 하신 겁니까?"

"'되면 좋고 안 되면 말고'라는 거죠."

노형진은 어깨를 으쓱했다.

"이런 소문을 내야 요히토에게 좋은 소문이 나거든요."

"고작 그것 때문에요?"

"고작이 아닙니다. 본론에 들어가기 전에 요히토에 대해 최대한 알려야 했으니까요."

"본론?"

신동하는 고개를 갸웃했다.

"세간에 재미있는 소문이 떠돌고 있더군요. 뭐, 대부분의 일본 사람들은 모를 겁니다. 한국 사람들도 대부분은 잘 모르니까요."

"뭐죠?"

"요히토와 타이토, 둘은 형제 아닙니까?"

"그렇지요."

"그런데 전혀 비슷한 면이 없지 않습니까?"

"그건 그렇습니다만, 기질이 다른 형제끼리의 권력 싸움은 흔한 거 아닌가요?"

노형진은 고개를 흔들었다.

"두 사람의 성격에 대한 얘기가 아닙니다. 그들의 생김새에 대해 말하는 겁니다."

"두 사람의 생김새요?"

"네."

노형진은 눈을 반짝거렸다.

그도 이 정보를 인터넷상에서 떠도는 음모론 관련 게시 글에서 봤었다.

그래서 그 결론은 알 수가 없었다.

말 그대로 음모론일 뿐이라, 검증할 수 있는 어떠한 방법도 없으니까.

'하지만 그게 중요한 게 아니지.'

중요한 것은 그게 분명 신빙성은 있다는 것이다.

"타이토가 천황의 적자가 아니라는 이야기가 있더군요."

"네? 그게 무슨 말씀입니까?"

"아무래도 모를 수밖에 없죠."

일본에서 천황의 권위는 절대적이다.

그들의 추문에 대해 이야기하는 것 자체로도 심각하게 위협을 받을 정도로, 천황은 일본 국민의 정신적 지주로서 자리 잡고 있다.

물론 그게 권력을 가지고 있다는 뜻은 아니지만.

어쨌든 세간에 떠도는 소문의 핵심은 이렇다.

타이토가 현 천황인 유지로가 바람을 피워서 낳은 자식이라는 거다.

"바…… 바람요?"

신동하는 기겁을 했다.

아무리 그가 한국인의 핏줄을 가지고 있다지만 일본인으로 자라고 교육받았다.

그런데 절대적 선이며 신이라 불리는 천황이 바람이라니?

"물론 소문일 뿐입니다. 하지만 근거는 여러 가지가 있지요."

형제인 요히토와 타이토가 너무나도 닮지 않은 점.

그리고 그 자녀들 역시 전혀 닮지 않았다는 것.

물론 이 경우는 사촌이니 얼마든지 그럴 수 있다.

"말도 안 됩니다. 단순히 닮지 않았다는 이유 하나만으로 천황 폐하가 바람을 피운 거라니요?"

노형진은 피식 웃었다.

"천황은 뭐 거시기 안 달린 고자입니까?"

그는 힘이 없는 새장 안의 새다.

황제로서의 권위는 한 줌도 없으며 주변에서는 오로지 그를 감시하고 통제할 뿐이다.

"그런 입장이면 당연히 어마어마한 스트레스를 받지요."

다른 사람이라면 그 상황에서 스트레스를 풀 다른 방법을 찾을 수 있을 것이다.

"하지만 천황은 아니죠. 단 한순간만 빼고요."

아무리 그를 감시한다고 해도 여자와 관계할 때까지 같이 있는 건 아니다.

"거기에다 과거에는 여자의 권한이 무척이나 낮았지요."

당연히 천황이 여자 하나 품는 건 그다지 문제가 안 되던 시절이었다.

그리고 우민화, 그러니까 사람을 멍청하게 만드는 방법 중 하나가 바로 섹스다.

많은 탐관오리들이, 위정자를 자기 마음대로 조종하거나 자신에게 신경을 쓰지 않게 하기 위해서 여자를 바치곤 했다.

아무리 천황가를 통제하려고 하는 궁내청이라고 해도 뭔가 숨을 쉴 구멍을 만들어 주지 않으면 천황이 뭔 짓을 할지 모를 일이었다.

정치를 하지 말라고 했지 사람을 뽑지 말라는 법은 없으니, 미쳐서 모조리 자르고 새로 뽑으라고 할 수도 있다.

아무리 허수아비라고 하지만 공식적으로 나라의 주인인 천황이 그렇게 미쳐서 날뛰면 곤란해지는 건 궁내청과 정치인이니 그들이라고 해서 모든 곳을 막지는 않았을 것이다.

가장 확률이 높은 숨통, 그건 아마도 여자일 가능성이 높다.

"그래도 말도 안 됩니다. 천황이 바람을 피우다니……."

"천황이라고 자칭 하늘의 황제라고 하지만 결국 인간입니다. 아시지 않습니까?"

노형진은 그렇게 말하면서 사진 두 장을 꺼내서 내밀었다.

"어떻게 생각하십니까?"

"이 사람 누굽니까?"

신동하는 사진 안에서 웃고 있는 여자를 보면서 손을 벌벌 떨었다.

그럴 수밖에 없는 게, 상당히 오래되어 보이는 사진 속 그 여자의 얼굴이 현 타이토 황자와 너무나 닮았기 때문이다.

"그 사람이 유지로와 내연의 관계가 있다고 생각되는 여자입니다."

"유지로 천황 폐하와……."

사진을 뚫어져라 보면서 신동하는 긴 한숨을 내쉬었다.

다짜고짜 부인하기에는, 이 여자와 타이토가 너무 닮았다.

"일본인 입장에서는 말도 안 된다고 말하고 싶지만……."

신동하는 사진을 내려 두고 긴 한숨을 쉬며 말했다.

노형진의 말이 맞다.

결국 그들은 인간이다.

"만일 이게 사실이라면 일본 황실에는 대혼란이 닥쳐올 겁니다. 당연히 궁내청이 그렇게 물고 빨던 타이토는 끝장나는 거죠."

일본의 황실법에서는 서자를 인정하지 않는다.

그럴 수밖에 없다.

수천 년을 이어 온 황실이다. 만일 서자를 인정하면 후궁이 낳은 자식들까지 모조리 황족으로 인정해야 할 텐데, 그랬다가는 일본 국민의 최소 1%가 황실 가문의 일원이 될 판이다.

그래서 현행법상 서자는 절대 황실의 일원으로 인정되지 않는다.

"만일 타이토가 서자라는 걸 증명하면 궁내청은 심각한 타격을 입을 겁니다."

노형진은 피식 웃으며 말했다.

당연하다. 궁내청 입장에서는 천황이 될 수 없는 자를 물고 빨아 준 셈이니까.

"이걸 터트리려고 하는 겁니까?"

"네."

"음…… 일단…… 그 부분에 대해서는 전 부정적입니다."

신동하는 혼란스러운 표정으로 고개를 흔들었다.

"노 변호사님이 재미있는 소문이라고 하셨지요? 그 말은, 이미 어느 정도 외부에 알려져 있다는 소리이지요."

그렇지 않았다면 노형진도 알지 못했을 것이다.

노형진이 아무리 대단해도 일본 천황가의 정보를 캐낼 수도, 그들의 유전자 검사를 할 수도 없으니까.

"그래서요?"

"물론 천황은 인간입니다. 하지만 일본에서 천황가는 신적 대우를 받습니다. 우리가 그 이야기를 한다고 해서 일본 사람들이 그걸 떠들까요? 전혀요."

일본인들의 성향을 생각하면, 그들은 이 문제를 떠들기보다는 쉬쉬하고 감추려고 할 것이다.

천황가의 더러운 부분을 이야기하는 셈이니까.

"압니다. 제가 일본인 성향을 모르겠습니까?"

"그러면요?"

"제가 이 정보를 터트리려고 하는 곳은 일본이 아닙니다."

"네?"

노형진은 살짝 미소 지었다.

"이건 일본의 극히 일부에서만 도는 음모론입니다."

"그런데요?"

"어찌 되었건 일본의 황실은 세계적으로 유명하죠. 그런 곳에서 도는 추문이라고 하면 외국의 언론에서 관심을 보이지 않을 리가 없죠."

"제대로 된 언론이라면 안 그럴 텐데요?"

노형진은 신동하의 말에 어깨를 으쓱했다. 그의 말이 맞으니까.

제대로 된 언론이라면 이런 일에 관심을 보이지 않을 것이다.

하지만 애석하게도, 전 세계에 제대로 된 언론이 얼마나 되겠는가?

당장 대한민국만 해도 주요 신문사들의 수준은 황색 언론과 별반 다르지 않다.

정론 직설보다는, 이권과 입장에 따라 기자 마음대로 소설을 만들고 그걸 기사라고 내는 게 현실이다.

"전 이걸 미국의 황색 언론에서 터트릴 겁니다."

"네? 미국요?"

"네. 미국의 황색 언론은 황색 언론이라고 욕은 먹지만 힘은 아주 강하죠."

그럴 수밖에 없는 게, 미국은 언론의자유를 아주 중요하게 생각하는 나라이기 때문이다.

"그곳에서 터지면 아무리 일본 황실이라고 할지라도 쉽게 막을 수는 없을 겁니다."

"으음⋯⋯."

확실히 그렇다.

미국에는 수많은 황색 언론이 있다. 그들은 매년 어마어마한 소송을 당하고 또 어마어마한 손해배상금을 내고 있다.

황색 언론이라는 것 자체가 애초에 진실보다는 자극을 파는 곳이기에, 일단 터트리고 아니면 말고 식의 언론사이니까.

당연히 할리우드 같은 곳의 스타들이 주요 대상이고 그들이 매년 소송을 수십 건씩 걸어 댄다.

"사람들이 잘 모를 뿐, 그들의 힘은 정론 언론사보다 못하지 않습니다. 아니, 음모론에 관해서는 훨씬 더 강한 힘을 가졌지요."

황색 언론이 완전히 헛소리만 해 댔다면 아마 벌써 망했을 것이다.

하지만 황색 언론이 지금까지 살아남은 이유는, 그 거짓들 속에 진실이 섞여 있기 때문이다.

그들은 정론지에서는 눈치가 보여서 쓰지 않는 추문까지 마음대로 터트린다.

가령 모 할리우드 스타가 게이라는 소문이 있으면 정론지는 절대로 안 터트린다. 최소한 이슈화될 때까지는 말이다.

인권 문제가 걸려 있으니까.

진짜 게이일 경우 그건 심각한 인권침해의 여지가 있기 때문에, 조심스럽게 확인하고 또 검증하고 나서 보도한다.

하지만 황색 언론은 아니다.

일단 바로 터트리지는 않는다. 하지만 그 대신에 그렇게 보일 만한 증거를 찾는다.

어떤 남자와 식사를 한다거나 같이 호텔에 간다거나 같이 리무진을 탄다거나 하는 식으로, 그런 의심을 받을 만한 장면을 찍으면 그때 터트린다.

그게 비즈니스 관계에서 비롯된 것일 가능성도 크지만 그들에게 중요한 건 그런 게 아니다.

그런 소문이 있고 그런 사진이 있으면, 충분히 언론의자유로 보호받을 수 있는 상황이 되기 때문이다.

"그래서 그런 황색 언론은 적당한 떡밥만 있으면 분명 터트립니다."

그리고 황색 언론에서 시작된 스토리는 미국의 정론지로 번진 다음 전 세계로 퍼져 나갈 게 뻔하다.

"아마 일본 황실은 어마어마하게 창피를 당할 겁니다."

물론 그 소문이 진실이 아닐 수도 있다. 하지만 그건 상관없다.

변호사는 진실을 찾는 직업이 아니다. '이기는' 직업이지.

"이번에도 이길 겁니다, 후후후."

⚖

얼마 후 미국 최대의 황색 언론 퍼시픽 하인드에 한 건의 제보가 들어왔다. 사진과, 그 사진을 유전적으로 분석한 설명서가 포함된 제보였다.

해당 사진을 비교한 결과, 일본 황실의 둘째이자 차대의 황실을 이어 갈 유일한 황손의 아버지인 타이토는 서자일 가능성이 높으며, 그런 경우 천황의 자리는 당연히 첫째 아들인 요히토가 이어받아야 한다.

하지만 타이토와 그의 세력은 요히토를 폐하기 위해 노력해 왔으며……

그 제보를 보며 편집장인 모건은 눈을 반짝거렸다.

동양에서 가장 유명한 일본 황실의 추문과 황제의 자리를 두고 싸우는 두 아들. 그리고 그 안에 감춰진 출생의 비밀.

"캬! 이거다, 이거야! 이거 대박인데!"

"그러니까요. 이거 완전히 현실판 소설 아닙니까?"

소설에서나 나오는 황실의 다툼과 그 과정에서 드러난 황실의 추문 그리고 서자라는 비밀까지.

정상적인 언론사라면 이걸 전하기 전에 일단 검증할 방법을 찾을 것이다.

검증이 힘들다고 할지라도 그들은 이걸 기사화했을 때 불어닥칠 일을 예상하고 외교적인 부분을 감안했을 것이다.

하지만 황색 언론이 황색 언론이라 불리는 데에는 다 이유가 있었다.

"이거 다른 곳에서 이미 나온 거야?"

"그건 아닙니다. 하지만 다른 곳에도 제보했다고 하던데요."

"어디?"

"필라델피아 코스트랑 아메리카 시크릿요."

그곳은 퍼시픽 하인드의 경쟁사이며 또한 퍼시픽 못지않은 황색 언론이다.

"이런 쌍! 야! 이거 빨리 기사화해!"

"네?"

"기사화하라고! 이런 게 평범한 건수야? 현재 존재하는 황제에 대한 추문이라고! 이런 걸 그 새끼들이 그냥 두고 볼 것 같아? 당연히 기사화하지! 이런 건 빨리 올리는 놈이 장땡인 거야!"

"문제가 되지 않을까요?"

"문제가 될 것 같으면 그 새끼들이 소송하겠지. 하지만 우리가 돈 처발라서 변호사를 사는 이유가 뭔데? 당장 기사화 해! 당장!"

모건의 말에 기자 한 명이 즉석에서 기사를 작성해 올렸다.

"이건 대박이다, 후후후."

모건은 눈을 반짝거렸다.

하지만 그런 모건의 희망은 생각보다 쉽게 깨졌다.

"뭡니까?"

"FBI에서 나왔습니다."

모건을 찾아온 자칭 FBI 요원.

"이번에 제보 하나 들어왔죠? 그거 내려 주셔야겠습니다."

"뭐요? 무슨 제보요?"

모건은 뻔뻔한 얼굴로 모른 척했다.

그의 직업 특성상 이런 일에는 매우 익숙했다.

게다가 애초에 이런 일에 FBI 요원이 낄 이유가 없다.

FBI는 범죄와 테러를 수사하는 단체이지 이런 언론사를 압박하는 곳이 아니다.

'뻔하지. 신분을 감춘 다른 조직 요원.'

한두 번 겪어 본 게 아니기에 그는 애써 모른 척했다.

하지만 모건과 마찬가지로 저들도 이런 일을 한두 번 해 본 게 아니었다.

"일본 관련 제보가 있었을 텐데요?"

"저희는 잘 모릅니다."

"그래요? 우리 미국은 동맹인 일본과의 사이가 틀어지는 걸 원하지 않습니다. 국익을 위해서입니다, 국익을 위해서."

강조해서 말하는 그를 보면서 모건은 눈을 찌푸렸다.

저들은 입으로는 '국익을 위해서'라고 하지만 사실 국익과는 상관없다는 것을, 그는 잘 알고 있었다.

'이런 씨발.'

하지만 한 가지는 확실하다.

현재 미국과 일본은 강력한 동맹인 만큼 그러한 일본의 추문을 미국이 몰랐을 가능성은 극히 낮다는 것.

'염병. 그러니까 아가리 닥치고 있어라 이거네.'

그걸 터트린다고 해서 국익에 무슨 문제가 생기진 않겠지만 일본 정치판에는 큰 혼란이 생길 것이다.

그리고 현재 일본 정치판은 완전히 친미파가 꽉 잡고 있다. 저들은 그 상황이 바뀌는 걸 원하지 않는다.

문제는 타이토는 친미파인 데 반해 요히토는 실익파라는 것이다.

그러니 추문을 터트려서 타이토가 천황 후보에서 탈락하는 것은 미국이 원하는 결과가 아니었다.

"국익을 위해서 협조 부탁드립니다. 그리고 그게 회사에도 좋을 겁니다. 일본 정부에서 손해배상을 청구하면 어쩌시려고요?"

아마도 일본 정부는 징벌적 손해배상을 청구할 것이다.

'이런 개자식들.'

그리고 미 정부는 재판부에 압력을 넣어서 그걸 통과시킬 테고 말이다.

물론 지금까지 수많은 소송을 해서 이겼지만, 상대가 국가라면 이야기가 달라진다.

손해배상금이 터무니없이 커질 수밖에 없다.

그리고 저들은 그걸 넌지시 압박용으로 쓰는 것이다.

"'국익을 위해서'입니다."

모건은 눈앞에 있는 사람의 얼굴을 후려치고 싶었지만 차마 그럴 수 없었다.

"보도를 안 해요?"

노형진은 코웃음을 쳤다.

"역시나 그렇게 나오는군요."

신동하는 긴 한숨을 쉬며 말했다.

"그 정도 추문을 미 정부에서 전혀 몰랐을 리가 없지요. 그러니 미 정부에서 은닉하려고 해도 별반 이상하지 않은 일이고요."

어찌 되었건 전 세계에서 가장 미국을 물고 빨아 주는 나라가 바로 일본 아닌가?

일본은 미국을 등 뒤에 두고 한껏 세력을 키워 왔다.

그런 곳이 혼란으로 들썩이는 것을 미국이 원할 리가 없다.

"뭐, 예상 범위 안입니다."

"네? 그게 무슨 말씀이십니까?"

노형진의 말에 신동하는 깜짝 놀랐다.

황색 언론에서 터트릴 거라고 해 놓고 그게 막혔는데 예상 범위 안이라고?

"말씀대로, 미 정부 같은 곳에서 이런 걸 지금까지 까맣게 몰랐을 리가 없죠."

그들의 정보력은 어마어마하다.

일본의 현실을 미국이 모를 리가 없다. 애초에 그렇게 만든 게 미국이니까.

"상대국의 추문. 그것도 자신을 지지하는 세력의 추문이 터지면 그들이 권력을 잃어버릴 가능성이 얼마나 높겠습니까?"

"그 말은, 미국이 타이토를 밀어준다는 말씀이신가요?"

"당연한 거죠."

한쪽은 개혁파, 다른 한쪽은 사대파.

답은 정해져 있다.

"그러니 그 추문을 감추려고 할 수밖에요."

"끄응."

신동하는 신음을 내면서 머리를 부여잡았다.

한낱 사용인에 지나지 않는 궁내청이 천황을 좌지우지하는 것도 충격적인데, 이제는 미국조차도 자기 입맛에 맞는 사람을 천황으로 세우려고 한다니.

"미 정부에서 막으려고 한다고 하면 의미가 없는 거 아닌가요?"

이게 이슈화되어야 타이토에게 압박이 들어가고 궁내청에서 권력을 잃게 된다.

그런데 미 정부에서 감추려고 이렇게 힘을 써 버리면, 아무리 황색 언론이라고 해도 쉽게 터트릴 수는 없을 것이다.

"물론 그렇지요. 하지만 역습이라는 것도 있습니다."

"역습?"

"네. 미 정부는 이걸 감추려고 할 겁니다. 당연하죠. 하지만 그들이 잘 모르는 게 있습니다."

"어떤 거죠?"

"지금은 21세기이고, 온갖 음모론자들이 판치는 상황이라는 것."

노형진은 그렇게 말하면서 사진을 꺼냈다.

그걸 본 신동하는 깜짝 놀랐다.

"이게 뭡니까?"

"그 당시 언론사에 찾아왔던 자칭 FBI 요원입니다."

노형진은 예상을 했기에 이미 입구를 감시하고 있었다.

그리고 내부의 사람을 포섭해 놨고 말이다.

당연히 그들의 사진을 입수하는 것은 어렵지 않은 일이었다.

"사실 이런 건 불법적으로 하는 일이죠."

미국은 엄연히 언론의자유가 있는 나라다. 그것도 아주 강한 수준으로 말이다.

"국익이라는 이름하에 언론을 통제하는 건 불법입니다. 물론 미 정부는 보복을 언급했지요. 하지만 그 보복이라는 것은, 드러나지 않았을 때 효과를 발휘합니다."

보복을 언급하고 진짜로 실행하면 미 정부는 치명적인 타격을 입는다. 아무리 황색 언론이라지만 일단은 언론이니, 정부에서 언론의자유를 건드리는 행위를 미국의 언론사들이 마냥 두고 보지는 않을 것이다.

실제로 미국의 모 대통령은 자신의 추문을 감추기 위해서 압력을 넣었다가 도리어 일이 더 커져서 탄핵까지 당했다.

"미국의 인권 단체에 이걸 제보했습니다. 그쪽에서는 이걸 FBI에 정식으로 질의할 겁니다. 해당 요원이 실제로 있는지요."

"그리고요?"

"당연히 없다고 하겠지요."

노형진은 씩 웃으며 말했다.

"그리고 아마 미 정부는 머리가 좀 아플 겁니다, 후후후."

FBI 국장은 머리가 지끈거렸다.

"아니, 이 새끼들은 왜 맨날 우리를 사칭하고 다니는 거야? 우리가 만만해? 어? 우리가 지금 병신으로 보여?"

언론을 통제하고 간 여섯 명의 요원들. 그들에 대한 신분 확인이 들어왔다.

당연히 그들은 FBI가 아니다. 하지만 누구인지는 대충 알 것 같다. 이런 식으로 자기들을 사칭하고 다니는 놈들은 뻔하니까.

"이런 병신 같은 새끼들."

"국장님, 이거 어떻게 하죠?"

"어떻게 하긴 뭘 어떻게 해! 당연히 모르는 일이지!"

이걸 인정하면 여러모로 복잡해진다.

FBI가 언론을 통제하려고 했다는 소리가 나오면 그의 목이 당장 날아가도 이상할 게 없다.

그렇다고 그냥 인정 안 하자니, 이 미친놈들이 내건 조건이 문제다.

"정식으로 신고하고 얼굴을 인터넷에 공개한다고?"

"네. 정부 요원을 사칭하고 다니는 사람들을 가만둘 수는 없다면서…….”

“이런 염병할.”

이들은 그냥 수사관이 아니다. 특수 훈련을 받은 비밀 요원이다. 그래서 자신들을 사칭하는 걸 가만두고 보는 것이다.

그런데 그 얼굴을 인터넷에 깐다고?

“여섯 명?”

“네.”

“미치겠네.”

이런 요원을 키우는 데 들어가는 돈은 어마어마하다.

당장 한 명당 들어가는 돈이 최소한 10억이다. 그러니 무려 60억이다.

사실 돈이야 그냥 날린 셈 치면 그만이다. 하지만 이들의 사진이 인터넷에 도는 순간, 사방에서 이들을 노리고 매달릴 것이다. 포섭은 기본이고 납치해서 고문할 수도 있다.

이들이 가진 비밀은 최소 수백억의 가치가 있으니까.

‘지금까지는 이런 일이 없었는데.’

비밀 요원이라는 말에 유독 사람들은 약한 모습을 보인다.

하지만 생각해 보면 그 비밀 요원이라는 말에도 약점은 분명 있다.

비밀 요원이라는 것은 누구도 그 신분을 보장해 주지 않는다.

그러니 누군가 그들을 캐기 시작하면, 아무도 그들을 인정하지 않기에 그들이 요구하는 모든 것이 의미 없는 소리가 되어 버린다. 모든 행동은 어찌 되었건 영장과 공문으로 이루어져야 하니까.

"국장님?"

"응?"

"저기, 손님이 오셨습니다만."

"손님? 누군데?"

"그게……."

비서는 다소 곤혹스러운 표정을 지었다.

그 표정을 본 국장은 누가 왔는지 알 것 같았다.

"이런 쌍놈의 새끼. 똥은 자기가 싸질러 놓고 우리보고 치우라는 거야?"

안 봐도 뻔하다. 그 집단에서 누군가가 왔을 것이다.

그리고 그들의 요구는, 일단 FBI 요원으로 인정해 달라는 이야기일 게 뻔하다. 그래야 그들의 신분을 보호할 수 있으니까.

진짜로 인터넷에 사진이 뿌려지면 그들뿐만 아니라 그들의 가족, 주변 인물들까지 모조리 위험해진다.

게다가 그들의 동선을 추적해서 본사를 찾아낼 수도 있다.

"이런 닝기미."

FBI 국장은 저절로 욕이 나왔다.

하지만 어쩔 수가 없었다. 이번 사건에 관해서는 자신들이 약자다. 누구보다도 권력이 강한 그들이니까.

"들어오라고 해."

결국 그가 할 수 있는 말은 그것뿐이었다.

⚖️

얼마 후 FBI는 일종의 협약을 맺었다.

우방국의 추문을 감추는 것과 자국의 비밀 스파이들을 감추는 것 중 우선순위는 당연히 후자였고, 그 추문을 보도하는 것을 모른 척하는 대신에 이번 사건 역시 덮고 가기로 말이다.

그들 입장에서는 억울했지만 어쩔 수가 없었다.

제대로 얼굴을 찍혔으니까.

가만히 있는 언론사가 아니라 외부 단체라, 압력을 행사하는 것도 불가능했다.

어찌 되었건 그 압력을 철회하자마자 미국에서 가장 큰 세 곳의 황색 언론에서 동시에 터진 일본 황실의 추문.

그런데 그 추문은 미국에서만 터진 게 아니었다.

유럽과 러시아 등 주요 국가의 황색 언론들에서도 터졌다.

"이러면 그 소문이 자연스럽게 한국에도 퍼지지요."

노형진은 한국 언론에서 터진 뉴스를 보며 피식 웃었다.

"이제 전 세계에서 그 추문에 대해 모르는 사람은 없을 겁니다."

물론 황색 언론에서 터진 추문인 만큼 신빙성은 없다.

하지만 그럼에도 불구하고 아시아계 국가에서는 빠르게

소문이 돌고 있었다. 심지어 몇몇 국가들은 그걸 일말의 고민도 없이 바로 전달하여 보도했다.

"이렇게 빨리 퍼질 줄은 몰랐는데. 왜 그런 거지? 애초에 뿌린 건 미국과 유럽이지 않나?"

유민택은 고개를 갸웃했다.

정작 추문이 터진 미국과 유럽에서는 흥밋거리 정도의 사건일 뿐이었지만, 아시아 쪽에서는 어마어마한 반향을 불러일으키면서 빠르게 퍼지고 있었다.

"피해 여부죠."

"피해?"

"네. 미국과 유럽은 일본에 직접적으로 피해를 입은 적이 없습니다. 물론 그들과의 전쟁 중에 많은 사람들이 죽었지만, 그걸 직접적인 피해라고 보기는 힘들죠."

그들은 일본과 전쟁을 했지만 죽은 건 군인들뿐, 민간의 피해는 거의 없다. 당연하게도 그로 인한 증오심도 강하지 않다.

전쟁이란 원래 그런 것이다.

"그런데?"

"하지만 아시아 쪽은 아닙니다."

한국, 중국을 비롯한 동남아 여러 국가들, 그중에서 일본에 피해를 입지 않은 나라는 없다.

지배를 당하면서 온갖 물자를 수탈해 가서 사람이 굶어 죽고 맞아 죽었다.

독립운동을 하던 사람은 고문당하고, 여자들은 끌려가서 성 노리개 취급을 받았다.

군인과 다르게 민간인들이 당한 원한은 아주 오래갈 수밖에 없다. 당연하게도 일본에 대한 감정이 좋지 않다.

"그리고 천황가는 그 원흉의 우두머리입니다."

한데 그들의 더러운 비밀이 외부에 드러났다.

물론 진실을 알 수는 없다.

그러나 원한을 가진 사람 입장에서는 신나게 씹어 댈 만한 게 생긴 것이다. 당연히 그에 관련된 비밀을 끊임없이 이야기하고 확대 재생산할 것이다.

"설사 언론에서 이야기하지 않는다고 하더라도요. 그리고 아시겠지만, 소문이라는 것은 갈수록 커질 수밖에 없는 거죠."

처음에는 '어느 아가씨가 남자에게 인사를 하는 걸 봤다'로 시작된 소문이 '데이트하는 걸 봤다'로 발전하고 그다음에는 '혼전 임신을 했다'는 소문이 된다.

"미국 언론사들은 바보가 아닙니다."

그들은 분명 기사를 쓸 때 '의혹'이라고 밝혔다.

검증할 수 있는 방법이 없기 때문이다.

"문제는 소문이죠."

하지만 피해를 입은 국가의 국민들은 그걸 의혹으로 받아들이지 않고 진실로 받아들인다. 정확하게는, 진실이길 원한다.

"자존심 때문에 멀쩡하게 본인들 손으로 저지른 2차대전도 자기들이 한 게 아니라 침략당한 거라고 그토록 외쳐 대는 일본 입장에서는 돌아 버릴 겁니다."

일본인은 자신의 추문이 외부에 드러나는 것을 극도로 무서워하는 경향이 있다.

일본에서 그러한 추문, 즉 약점이 드러나면 바로 이지메의 대상이 되어 그 상황이 죽을 때까지 이어지기 때문이다.

"물론 일본 황실은 아니라고 부정할 겁니다."

노형진은 피식 웃었다.

"그렇지만 부정한다고 해서 추문이 사라지는 건 아니죠."

이제부터 타이토는 평생 서자라는 꼬리를 달고 살아야 할 것이다.

"그리고 비공식적으로 일본 황실의 맥은 끊어지는 거죠."

일본 황실의 법은 서자를 인정하지 않으니까.

"일본 내부에서는 쉬쉬할 겁니다. 하지만 드러내지 않는다고 해서 그 소문이 돌지 않을 리는 없죠."

도리어 쉬쉬하기에 모두의 시선이 쏠릴 것이다.

그렇게 존경해 마지않는 일본 천황가의 비밀이니 그 진실이 어떤 건지 더 관심을 가지게 될 테고.

"그리고 우리가 그때 뿌릴 정보는, 그가 서자가 맞다는 거죠."

유민택은 고개를 갸웃했다.

"그 정도는 검사를 해 보면 되지 않나?"

당장 서자라는 걸 부정하기 위해서는 타이토가 유전자 검사를 하면 그만이다.

"압니다. 하지만 일본 황실은 그렇게 할 수가 없습니다."

"어째서?"

"그들은 신이니까요."

일본에서는 일왕을 신이라고 여긴다. 최소한 신의 핏줄을 이었다고 여기며 신성시한다.

"하지만 유전자 검사를 하는 순간……."

"인간으로 격하되는군."

유전자를 가지고 있다는 것.

그건 그들이 남들과 똑같은 인간이라는 소리가 된다.

당연하게도 말이다.

"당연히 일본 황실에서는 절대로 유전자 검사를 하지 못합니다. 할 수가 없지요."

궁내청의 그 꼰대들이 그걸 용납할 수 있을 리 없다.

"타이토의 입지는 확실하게 줄어들겠군."

"네."

"하지만 그건 결국 소문일 뿐이지 않나? 물론 창피하기야 하겠지만 미래에 대한 영향력이 강할 것 같지는 않은데."

유민택은 고개를 갸웃했다.

"더군다나 내가 원한 건 일왕가에 엿 먹여 달라는 게 아니라 미쳐서 날뛰는 극우 세력을 어떻게 해 달라는 것이었는데?"

"압니다. 그래서 이렇게 복잡하게 짜는 겁니다. 다른 놈도 아닌 일본 극우 놈들이 그렇게 쉽게 입을 닥치겠습니까?"

"끄응…… 그건 그러네만."

유민택은 고개를 끄덕거렸다.

그게 그렇게 쉬웠다면 그가 이렇게 고생할 리 없으니까.

"그래서 그러는데, 이제부터 찾아 주셔야 할 사람이 있습니다."

"찾아 줘야 할 사람?"

"네. 꼭 찾아 주셔야 합니다."

"꼭? 자네가 그렇게 말할 정도의 사람인가?"

"네."

"도대체 어떤 사람이기에?"

유민택은 고개를 갸웃했다.

노형진은 누군가를 꼭 찾아야 한다고 말한 적이 없다.

유민택이 없다고 해도, 다른 사람들을 어떻게 해서든 써먹어서 문제를 해결하기 때문이다.

그런데 꼭 찾아 달라니?

"꼭 찾아야 합니다! 꼭요. 그 사람을 찾을 수 있다면……."

말을 잇는 노형진의 눈이 반달처럼 휘었다.

"우리가 일본 극우 세력을 '통제'할 수 있을 겁니다."

"뭐?"

자제시키는 게 아니라 무려 통제할 수 있다는 말에 유민택은 어이가 없어져서 입을 다물 수가 없었다.

　－이는 천황 폐하에 대한 모독입니다. 우리는 소송을 통해서라도
진실을 밝히고…….

　신동하는 일본 정부의 발표를 보다가 TV를 끄고 노형진
에게 시선을 돌렸다.
　"예상대로군요. 소송을 통해 언론사들과 인터넷의 입김을
막을 생각인 것 같습니다."
　일본 정부가 그렇게 나올 거라는 걸 알고 있던 노형진은
고개를 끄덕거렸다.
　"그럴 겁니다. 그러지 않으면 지금 상황을 어떻게 할 수가
없을 테니까요."

일본의 극우 세력과 궁내청이 밀어주는 타이토의 명예는 바닥이 어디인지도 모를 만큼 아래로 아래로 떨어졌다.

　　물론 현 천황이 바람을 피워 낳았다고 해도 아들이 아닌 것은 아니다.

　　다만 천황가에 이름을 올리지 못할 뿐이다.

　　"하지만 지금까지 천황이 되는 것을 목표로 살아온 타이토 입장에서는 말도 안 되는 소리죠."

　　"만일 타이토가 직접 유전자 검사를 하겠다고 나서면요?"

　　"그게 문제입니다. 유전자 검사라는 것은 비교 대상이 있어야 하지요."

　　혼자서 검사해 봐야 그건 아무런 의미도 없다.

　　하지만 비교 대상이 있어야 서자인지 아닌지 알 수가 있다.

　　"비교 검사를 하기 위해서는 타이토는 현 황비와 유전자 검사를 해야 합니다. 당연히 유지로 천황 역시 그 대상이고요."

　　아무리 우겨서 천황과의 유전자 검사는 하지 않는다고 해도 그가 인간으로 격하되는 것은 어쩔 수 없는 현실이 될 것이다.

　　"일본 정부는 이러지도 저러지도 못하겠군요."

　　신동하는 머리를 절레절레 흔들었다.

　　"하지만 소송으로 이길 수 있을지도……."

　　"그건 전혀 다른 문제죠. 제가 왜 미국에서 이 문제를 터트렸겠습니까?"

미국은 전 세계에서 가장 언론의자유가 보장되는 나라다.

과거에 대통령이 추문을 공개하지 말라고 하자 도리어 다른 언론사들이 돌려 가며 추문을 공개해서 결국 탄핵까지 이끌어 낸 것이 미국이다.

"그곳에서 소송을 한다고 하면 진실을 드러내야 하지요."

이 소송의 장소는 당연히 미국이다.

그리고 미국에서 언론의자유를 보장받는 언론사와의 소송에서 이기기 위해서는, 그들이 진실이 아님을 알면서도 보도를 했다는 명확한 증거가 필요하다.

"그게 뭐겠습니까?"

"유전자 검사군요."

말만으로는 그저 법을 이용한 말장난일 뿐이지 진실인 것은 아니다.

그 추문이 진실임을 증명하기 위해서는 일왕가가 유전자 검사를 해야 한다.

"하지만 정치적 판결이 될 수도 있지 않습니까?"

"그건 힘들죠."

한 곳도 아니고 여러 곳이다.

더군다나 소송에 대해 미국 언론에서 공동 대응하면 미국 정부도 곤란해진다.

더군다나 지금 미 정부는 생각지도 못한 약점이 잡혀 있는 상황이다.

"미국 언론도 견제받지 않는 권력인 건 마찬가지이니까요. 아마 이 소송은 족히 5년은 갈 겁니다. 그리고 그 정도면 일본 천황가와 타이토의 명예가 걸레짝이 되기에는 충분한 시간이지요."

"음……."

신동하는 눈을 찌푸렸다.

분명 타이토는 힘든 상황이 될 테고 그를 밀어주던 세력 또한 약하게 만들 수 있는 기회다.

"하지만 그런다고 해서 그들이 사라지는 건 아니지 않나요?"

물론 잠깐 시끄러울 것이다.

하지만 아무리 당장 이슈가 된다고 해도, 결국은 흐지부지될 수밖에 없는 일이다. 언론이야 시간이 지나면 조용해질 테고, 인터넷에서는 하루가 멀다 하고 새로운 떡밥이 던져지니까.

"압니다. 일본 정부가 지금이야 소송을 한다고 게거품을 물고 있지만, 시간이 지나서 흐지부지되면 굳이 이걸 수면 위로 꺼내려고 하지는 않을 겁니다."

그건 타이토 역시 마찬가지다.

타이토 입장에서는 자신이 진짜 서자인지 아닌지, 천황이나 황비에게 물어볼 수가 없다. 아니라고 부정당하는 순간 그는 황족으로서의 모든 걸 잃어버리니까.

설사 아들이 맞다고 인정된다고 해도, 그로 인한 정신적 충격이 어디 가는 것은 아닐 테고 말이다.

"그러니 결국 쉬쉬하면서 넘어가겠지요."

"흠, 말씀대로 물론 이 문제로 인해 요히토 황태자의 입지가 올라가기야 하겠습니다만, 그렇다곤 해도 타이토보다는 훨씬 권력이 약한 게 사실입니다. 우리가 지원한다고 해도 말이지요."

노형진이 신동하와 이야기한 것은 황실의 권리를 복권시키려고 하는 극우 세력이다.

물론 지금이야 그들이 조금씩 힘을 얻고 있지만 여전히 한 줌도 안 되는 숫자이며, 또한 성향상 그들은 한국과 친하며 중립적인 입장을 견지하는 요히토보다는 극우 성향이 강한 타이토를 지원할 가능성이 높다.

"그래서 그들이 절대로 이 문제를 꺼낼 수 없는 가장 강력한 카드를 준비하고 있습니다."

"어떤 거죠?"

"그건 비밀입니다, 후후후. 아직 준비가 안 되었거든요."

하지만 노형진은 안다.

이게 터지는 순간 일본의 극우는 어쩔 수 없이 요히토를 선택할 수밖에 없다는 것을 말이다.

⚖

얼마 후 노형진에게 연락이 왔다.

찾던 사람을 찾았다고 말이다.

그리고 그 자리에는 의외로 유민택이 동행했다.

"굳이 따라오셔야 하겠습니까?"

"아니, 자네가 꼭 찾아야 한다고 하니 너무 궁금해서 말이지."

"그렇다면야 뭐…… 역사적 순간에 자리하고 싶다고 하시니, 따라오시죠."

노형진은 유민택을 데리고 비행기에 탔다.

이윽고 그들이 도착한 곳은 필리핀에 있는 으리으리한 저택이었다.

"여기에 자네가 찾는 여자가 있네. 다 늙은 중년 여자던데, 찾아서 뭐 하려고?"

노형진은 눈을 반짝이며 미소 지었다.

"두고 보시면 압니다."

노형진은 현관문으로 다가가서 벨을 눌렀다.

"실례합니다. 마리엘 씨 계십니까?"

이미 상대방의 이름 정도는 알고 있기에 노형진은 자연스럽게 불렀다.

-제가 마리엘인데 무슨 일이시죠?

"주 필리핀 일본 대사관에서 나왔습니다."

-잠시만요.

노형진의 대답에 묘한 표정으로 바라보는 유민택.

그리고 노형진의 거짓말에 진짜로 문이 열리자 더 어이가 없다는 표정이 되었다.

"여기는 왜 온 건가?"

필리핀. 일본과는 전혀 상관없는 나라다.

애초에 일본의 일왕가가 이런 사람들과 연관이 있을 가능성은 높지 않다.

"여기에 어찌 보면 우리의 가장 강력한 무기가 있을 테니까요."

노형진은 그렇게 말하면서 안으로 들어갔다.

그리고 마리엘이라는 여자를 보고 빙긋 웃었다.

"안녕하십니까."

"네, 그런데 어쩐 일이시죠?"

마리엘은 약간 경계의 눈빛으로 바라보았다.

그럴 수밖에 없다.

지난 수년간 연락 한번 없던 일본 대사관에서 갑자기 그녀를 찾아올 이유가 없었으니까.

하지만 노형진의 시선은 마리엘에게 가 있지 않았다.

"이분이 차기 천황이신가 보군요?"

"자…… 잠깐만! 그게 무슨……!"

마리엘의 눈이 격하게 떨리는 걸 보고 노형진은 속으로 '나이스!'를 외쳤다.

'빙고! 소문이 사실이었군.'

"저스틴! 안으로 들어가 있어! 어서!"

저스틴이라고 불린 청년은 당황한 눈빛이었다.

자신보고 엠퍼러, 그러니까 차기 황제라고 했으니까.

필리핀의 평범한 청년 입장에서는 당황스러울 수밖에.

"표정을 보아하니 아버지에 대해서는 말하지 않은 모양이
군요."

"엄마?"

"저스틴! 안으로 들어가래도!"

"이제 저스틴도 알아야 합니다. 자신이 차기 황제가 될 사
람의 핏줄이라는 걸. 언제까지 감출 겁니까!"

"엄마? 이게 무슨 소리야? 황제라니?"

"들어가! 어서!"

마리엘은 어떻게 해서든 아들을 안으로 들여보내려고 했
지만 저스틴은 들어가지 않고 버텼다.

노형진이 노린 건 애초에 마리엘이 아니었다.

"저스틴! 당신은 황가의 핏줄입니다! 어머니가 뭐라고 하
던가요? 아버지는 죽었다고? 그래서 아버지의 유산으로 이
렇게 호화롭게 산다고?"

"저스틴! 당장 들어가!"

버럭 화를 내는 마리엘.

그러나 저스틴은 자신을 밀어내는 마리엘의 손길을 힘으
로 버티고 있었다.

"그게 무슨 말이죠? 제 아버지라니? 제 아버지는 돌아가

셨다고 했는데?"

"전혀요. 당신의 아버지는 일본을 다스리는 천황가의 사람이며 차기 천황, 그러니까 황제가 될 사람입니다. 그리고 당신은 마리엘과 그분의 사랑의 결실이고요."

영혼이 반쯤 나가 버린 듯한 저스틴.

그리고 이제는 몸을 돌려서 노형진과 유민택을 밀어내는 마리엘.

"나가요! 당장 나가! 안 나가면 경찰을 부르겠어요!"

마리엘에게 떠밀려 집 밖으로 나오면서도 노형진은 뒤쪽을 향해 소리를 고래고래 질렀다.

"진실을 알고 싶으면 새론의 필리핀 지점으로 오십시오! 그곳에 진실이 있습니다!"

"새론……."

"나가요! 나가!"

마리엘은 다급하게 그를 내몰았지만 필요한 소식을 다 전한 노형진은 히죽 웃었다.

"이제 제대로 뭔가를 할 수 있을 것 같네요. 유 회장님?"

노형진은 그렇게 말하면서 고개를 돌리다가 유민택을 보고 고개를 갸웃했다.

"왜 그러십니까?"

유민택의 얼굴은 창백하다 못해 시커멓게 변해 있었다.

"자네…… 그게 무슨 말인가? 응? 숨겨진 자식이라니? 아니, 그런 아이가 왜 갑자기 튀어나와?"

노형진은 씩 웃었다.

"싸질렀으니까 튀어나오지요, 후후후."

노형진은 회귀 전에 국제적으로 일하면서 여러 가지 정보를 접할 수 있었다.

당연히 그중에는 타이토에 관한 재미있는 추문을 비롯한 일본 황실에 대한 정보도 있었다.

"타이토는 황실의 수치 또는 황실의 골칫거리로 불립니다."

단순히 성격이 나쁜 정도가 아니라 말 그대로 사고를 불러 일으키는 존재, 그게 바로 타이토다.

"오죽하면 그의 아들이 다다음 천황이 될 상황인데도 그에 대한 국민들의 지지율은 바닥을 치지요."

물론 이제는 나름 이미지 관리를 하고 있다지만 그런다고 해서 갑자기 그가 멀쩡한 사람으로 보이는 것은 아니었다.

"그거야 나도 이미 들었던 사항이네. 하지만 지금 상황은 이해가 안 가는데. 저 여자가 누구인데? 그리고 아들은 누구고? 차기 황제라니?"

"타이토가 젊은 시절에 여자를 사귄 적이 있지요."

"설마?"

유민택은 자신도 모르게 고개를 돌려서 집을 돌아보았다.

방금 전 그 여자. 적지 않은 나이임에도 불구하고 미모가 상당했다.

"필리핀 사람으로는 안 보이던데?"

"제가 알기로는 중국 쪽 핏줄이라고 하더군요."

필리핀 사람들은 일반적으로 피부빛이 어두운 편이다.

하지만 필리핀 북쪽에는 상대적으로 피부빛이 밝은 화교 (중국에서 이민 온 사람)들이 살고 있었는데, 이들은 한중일 삼국 사람들과 아주 흡사했다.

"설마 그때……?"

"네, 그때 아주 시끄러웠지요."

공식 행사로 필리핀에 왔던 타이토가 갑자기 사라져서 경호국이 발칵 뒤집어진 적이 있는데, 그때 그 여자를 만나러 갔다는 소문이 나돌았다.

"심지어 이미 아내가 있었는데도 말이지요."

"허?"

유민택은 혀를 내둘렀다.

상식적으로 한 나라의 왕자로서 이해가 안 가는 행보였기 때문이다.

"그래서 타이토에 대한 일반인들의 지지가 그렇게 약한 거군."

"네."

"그런데 아까 그 아이는……?"

"필리핀은 가톨릭이 아주 강한 나라입니다. 거의 국교 수준이지요."

그래서 낙태를 아주 죄악시한다.

한국 사람들이 필리핀에 와서 라이따이한이 생기면 지우라고 하고 잠수 타지만, 대부분의 필리핀 여자들은 지우는 대신에 낳아서 직접 키운다.

자신의 인생을 걸고라도 지키려고 하는 것이다.

"그건 저 여자분도 마찬가지일 거라 생각했지요."

"하지만 일왕가의 아이가 아닐 수도 있지 않나?"

유민택이 봐도 여자의 외모는 범상치 않았다.

그런 상황이라면 다른 남자를 만났다고 해도 하등 이상할 게 없다.

"저도 그럴 수도 있다고 생각했습니다. 이 집을 보기 전까지는 말이죠."

유민택은 다시금 집을 바라보았다.

아니, 집이라기보다는 대저택이라는 표현이 더 어울릴 것이다.

"무슨 소리인지 알겠네. 그리고 보니 자네가 아까 들어갈 때 일본 대사관이라고 신분을 속였지?"

만일 그날 이후로 어떠한 접촉도 없었다면 그녀가 그 말에 의심 없이 문을 열어 줄 이유가 없다.

"하지만 그녀는 별 의심 없이 문을 열어 줬지요. 보아하니

열심히 일하는 사람도 아닐 듯하고요."

척 봐도 상당히 관리된 피부와 손톱을 가지고 있었다.

거기에다 동남아의 강렬한 태양 아래에서 상당히 하얀 피부를 가지고 있었고 말이다.

"이미 여자의 부모님에 대해 조사해서 아시겠지만, 저 정도의 재산을 물려줄 사람들은 아니었고요."

유민택은 허탈한 얼굴이 되었다.

"지금까지 일본은 이걸 이렇게 쉬쉬하고 있었던 건가?"

"그렇지요."

노형진은 고개를 끄덕거렸다.

"사실 그런다고 해서 문제가 생기는 건 아니니까요. 지금까지는 확실히."

노형진은 피식 웃으며 말했다.

아마도 저 여자 입장에서는 좋은 게 좋은 거라고 생각했을 것이다.

어차피 아들이 천황가에 뭘 요구하거나 물려받을 수 있는 것도 아닌 데다가 자신이 평생 먹고살 만한 돈을, 그것도 아주 풍족하게 준다고 하니까.

"으음……."

"일본인들이 그걸 소문 낼 리도 없고요."

천황이라는 존재를 대하는 일본인들의 성향을 생각하면 그런 소문이 대대적으로 퍼질 가능성은 낮다.

"그리고 대부분의 황실의 추문은 언론에서 다루지 않죠."

그래 봤자 추문으로 끝날 뿐이니까.

"하지만 이제는 상황이 바뀌었지요."

"난 이해가 안 가는군. 뭐가 바뀌었다는 건가?"

유민택은 자신들에게 다가온 차량에 올라타면서 말했다.

"서자 논란이 터졌지요."

"응?"

"지금 타이토는 서자라는 소문이 돌고 있습니다. 그리고 그게 사실일 가능성이 아주 높습니다."

"그래서?"

"만일 적자라면 유전자 검사를 하는 게 사실 두렵지 않을 겁니다."

그로 인해 세간에서 신이 아닌 인간이라는 말이 나오고 국민들의 자존심에 금이 가긴 하겠지만.

"하지만 유전자 검사를 하지 않을 경우 영원히 따라다닐 정통성 문제에서는 자유로워집니다. 그런데 지금 일본은 신격 모독을 이유로 유전자 검사를 거절하고 있습니다."

"그래서?"

"즉, 이대로는 서자라도 적통을 이을 수 있다는 일종의 새로운 전통 파괴가 일어나는 거죠."

"서자라도 적통을 이을 수 있다라⋯⋯."

유민택은 소름이 돋았다.

서자라도 적통을 이을 수 있게 된다면?

"아까 저스틴이라고 했나?"

"네, 맞습니다. 저스틴에게도 기회가 생기는 거죠."

물론 저스틴이 황실을 이어 갈 가능성은 제로라고 봐도 무방하다.

아니, 무방한 정도가 아니라 100% 이어 가지 못한다.

"중요한 건 그게 아니죠."

어찌 되었건 미래에는 타이토가 천황이 된다.

그런 상황이라면 저스틴의 존재는 상당히 곤란해질 수밖에 없다.

"우리로서는 손해 보는 게 없지요."

물론 이 모든 게 음모설 취급을 받을 수 있다.

하지만 그렇다고 해도 타이토의 추문이 사라지는 것은 아니다.

"마리엘은 어떻게 해서든 저스틴을 설득하려고 할 겁니다. 그러나 저스틴은 우리를 찾아올 수밖에 없지요."

죽은 줄 알았던 아버지의 비밀.

그리고 그 자신이 일본 천황가의 핏줄이라는 충격적 사실.

"어찌 되었건 찾아와서 뭐든 알아보려고 할 겁니다."

그리고 그가 진실에 다가갈수록 곤혹스러운 것은 타이토가 될 것이다.

"그런데 굳이 이름을 알려 줘야 했나?"

새론이라는 존재를 드러낸 것은 위험한 생각이 아닌가 싶어 유민택은 조심스럽게 물었다.

그럴 수밖에 없다.

다른 존재도 아닌 일본 정부다.

"어차피 소송을 하면 알려질 일입니다."

"소송? 아니, 무슨 소리야?"

"당연히 진실은 알려져야지요."

노형진은 친자 확인 소송을 걸 생각이었다.

그 대상은 당연히 아버지인 타이토가 될 테고 말이다.

"그리고 소송 당사자로서 할아버지의 유전자와 조모의 유전자도 요구할 수 있지요."

"헛!"

이쪽에서 친자 확인 소송을 걸면 저쪽은 유전자를 제출하든가 아니면 그걸 막아야 한다.

그런데 일본 정부는 천황가의 유전자 정보를 제출할 수 없다.

"그러면 그가 진짜인지 아닌지 알 수가 없지요."

즉, 일본 정부에서 아무리 부정한다고 한들 그는 전 세계에 일본 천황가의 핏줄로 기억될 거라는 소리였다.

"그리고 일본 정부는 미친 듯이 머리가 아플 테고요, 후후후."

"으음……."

"그리고 이번 일로 아마 궁내청에서는 어마어마하게 피바람이 불 겁니다."

"궁내청?"

"설마 이런 비밀을 감추기 위해 외교 부서가 나서겠습니까?"

이런 비밀을 감추는 조직. 그게 바로 궁내청이다.

"안 그래도 요히토 황태자는 궁내청을 공격할 거리를 찾고 있습니다. 지금 막 아주 훌륭한 거리가 생겼네요, 후후후."

⚖

쾅!

요히토는 탁자가 부서져라 내리쳤다.

황태자 앞에서도 언제나 고개를 뻣뻣하게 들던 궁내청이었지만 지금은 그럴 수가 없었다.

갑자기 벌어진 소송 때문이었다.

그것도 일본도 아니고 뜬금없이 필리핀에서 벌어진 소송.

"이게 지금 무슨 말입니까! 타이토의 숨겨진 아들이라니! 그게 말이나 된다고 생각합니까!"

"요히토 전하, 그게 아니라…….

"그게 아니긴 뭐가 아니에요! 그런 걸 비밀에 부친다는 게 말이나 됩니까!"

현 일왕인 유지로는 이번 사건에 대해 알고 있을지도 모르지만 최소한 요히토는 전혀 몰랐다.

그리고 그걸 감추기 위해 전면에 나서서 실드를 친 것이 바로 궁내청이었다.

─이건 정치적 사건이 아닙니다.

요히토는 신동하가 했던 말을 속으로 되새겼다.

─이건 전적으로 집안의 문제이고, 정치적 사건으로 볼 수 없습니다. 물론 정치적 사건으로 몰아간다면 그렇게 볼 수도 있겠지만 설혹 정치적으로 몰고 가고 싶어도 극우는 그렇게 할 수가 없습니다.

그럴수록 자신이 밀어주는 타이토의 힘이 약해질 테니까.

─그러니까 이쪽에서 적극적으로 몰아붙여야 합니다.

이 비밀을 막기 위해 적극적으로 나섰을 것이 뻔한 궁내청.
그들의 과오는 절대 감출 수가 없는 노릇이니, 당연히 이건 그들에게도 치명적인 약점이 된다.
"말을 해 보세요, 말을! 이런 일을 알고서도 감췄다는 게 말이나 됩니까!"
"그게, 천황 폐하의 엄명이……."
"그래요? 아버지가 명하셨다? 좋아요. 그렇다고 칩시다. 그런데 그렇다고 해서 이 일이 사라지는 것도 아니지 않습니까?"

일본 법원에다가 소송을 냈다면 문제가 안 되었을 것이다.

그런데 그 저스틴이라는 녀석이 하필이면 필리핀 법원에 소송을 냈다.

사실 당연하다.

소송하러 일본으로 올 때 드는 경비를 일본이 주지는 않을 테니까.

"이게 무슨 창피입니까!"

필리핀 정부는 사실 일본에 상당히 약한 모습을 보인다.

일본이 필리핀에 투자한 돈이 많기 때문이다.

하지만 그렇다고 해서 국민들이 우호적이냐? 그건 아니다.

필리핀의 국민들은 한국만큼이나 독하게 당한 사람들이다. 당연히, 일본인들에게 웃는 낯을 보이긴 하지만 그렇다고 해서 그들이 일본인을 좋아하지는 않는다.

그저 일본의 돈이 필요해서 웃을 뿐이었다.

당연하게도 소송이 시작되자 사람들의 관심이 확 쏠렸다.

그리고 일본의 추문은 사방으로 퍼져 나갔다.

"이게 뭡니까!"

필리핀에 일왕가의 사생아가?
일본 황제에 대한 친자 확인 소송

"이거 어떻게 할 겁니까!"

일본은 명예에 대한 집착이 심하다.

그래서 역사적으로 증명된 사실조차도 인정하지 않으려고 하는 성향이 있다.

그런데 역사적 문제도 아니고, 현 천황가의 사생아 문제가 터졌다.

더군다나 일본의 필리핀에 대한 생각은 하등한 민족, 열등한 나라 같은 것이다.

그들이 지배했던 기억을 가지고 있기 때문이다.

물론 한국에 대한 인식도 마찬가지지만, 한국은 그들을 따라잡은 데 반해 필리핀은 그러지 못했다.

"그런데 필리핀에 사생아가 있어요? 하!"

요히토는 눈앞에서 고개를 푹 숙이는 궁내청의 사람들을 보며 고소를 삼켰다.

'이게 권력의 맛이군.'

자신의 모든 것, 심지어 숨 쉬는 것조차도 통제하려고 덤비던 궁내청의 간부들이 지금 아무 말도 하지 못한 채 그저 고개만 숙이고 있다.

'이러고서 나한테 그랬단 말이지.'

요히토는 얼마 전 있었던 타이토의 행동이 생각났다.

그는 공식 언론에서 '차기 천황은 좀 더 전통을 지지할 줄 아는 사람이 되어야 한다.'라고 주장했다.

사실상 다음 대 천황이 될 사람이 요히토인 상황에서 갑자기 그런 이야기를 꺼낸 목적은 뻔하다.

요히토가 천황이 되는 게 마음에 들지 않았던 것이다.

'동생아, 네가 그렇게 나온다면 나도 별수 없다.'

사실 그간 여러 가지 일들이 있었음에도 요히토는 동생에 대해 별 감정이 없었다.

하지만 지금까지 동생인 타이토는 요히토와 그의 아내, 심지어 조카인 그의 딸에게까지 마수를 뻗쳐 왔다.

당연하게도 요히토는 지지 세력이 없다는 이유 하나만으로 어쩔 수 없이 눈 뜨고 당해야 했다.

'하지만 이제는 아니지.'

외부에 세력이 생겼다. 그들은 무서울 정도로 뭉치고 있다.

물론 그들은 노형진이 내세운 세력이다.

노형진이 만든 정치 지망생 집단. 그곳이 노형진의 명령에 따라 움직였다.

극우 세력이 연이어서 천황에 대한 충성을 맹세하자 다른 극우 세력은 눈치를 볼 수밖에 없었다.

'어차피 아버지 대에서 볼 일은 아니야.'

현 천황인 유지로는 힘이 빠진 상황이다.

이제 와서 뭔가를 해 보겠다는 생각조차 없다.

즉, 그들의 충성의 대상은 다름 아닌 자신.

'내가 정치하는 것은 불법이다. 하지만 내 지지자들이 하

는 것은 불법이 아니지.'

지금까지의 극우와는 또 다른 극우의 등장.

그건 요히토에게 중요한 기회였다.

"유전자 검사가 필요하다면 제가 하겠습니다."

"저…… 전하?"

갑작스러운 요히토의 말에 궁내청의 간부들은 멘붕이 온 표정으로 그를 바라보았다.

"왜요? 뭐가 잘못되었나요? 누구라도 한 명의 유전자만 있으면 되는 거 아닌가요?"

유전자 검사란 비교다.

딱 한 명, 비교할 사람만 있으면 답이 나온다.

즉, 요히토가 유전자를 제공하여 검사를 하면 타이토의 사생아가 진짜인지 아닌지가 바로 드러나는 것이다.

'하지만 다른 것도 드러난다는 것이 문제지.'

만일 요히토의 유전자와 저스틴의 유전자가 8분의 1이 맞는다면 조카와 삼촌 사이가 된다.

그런데 그 이상 차이가 난다면?

타이토가 유전적으로 서자라는 것도 동시에 증명되는 것이다.

'가장 강력한 무기.'

누구도 생각하지 못한 가장 강력한 무기가 생겼다.

그리고 그걸 휘두르는 것은 다름 아닌 요히토의 권한이다.

"불가합니다!"

궁내청은 당연히 '불가'를 외쳤다.

그럴 수밖에 없다.

지금까지 숨 쉬는 것 빼고는 다 통제해 왔는데 요히토가 그 통제에서 벗어나려 하는 것이니까.

아니, 그 정도가 아니라, 자신들이 밀어주던 사람의 인생이 끝장나게 생겼으니까.

"하겠습니다!"

"안 됩니다."

"절대 안 됩니다, 전하."

"도대체 왜 안 된다는 겁니까!"

"천황가는 신의 가문입니다."

"그런 신의 가문에 대드는 건 되는 일이고요?"

얼핏 평행선을 달리는 듯한 대화.

하지만 요히토는 알고 있었다.

이미 흐름은 자신에게 넘어오고 있다는 것을.

⚖

"천황가를 옹위하자!"

"필리핀의 핏줄을 천황으로 모실 수는 없다!"

노형진은 신동하와 커피숍에서 함께 앉아 창밖을 보면서

피식 웃었다.

"드디어 우리 쪽으로 패가 넘어오기 시작했네요."

지금까지 타이토를 물고 빨던 극우 세력이었다.

하지만 필리핀에 타이토의 사생아가 있다는 사실이 알려지자 극우 세력은 난리가 났다.

"이걸 노리신 겁니까?"

"네, 그리고 저들은 요히토 황태자에게 몰려가고 있지요."

지금까지 인터넷에서 조용하게 벌어지던 천황가의 복권 운동.

하지만 극우 세력이 타이토를 버리고 요히토에게 쏠려 가면서 그 운동은 어마어마하게 빠르게 퍼져 나갔다.

"극우 세력 중 일부는 여전히 타이토를 지지하기는 할 겁니다. 그들은 극우의 가면을 쓰고 있지만 이권 단체이니까요."

하지만 극우라는 것의 기본은 외세에 대한 배척이다.

그러한 인간들에게 필리핀 출신의 혼혈 천황이라는 것은 절대 용납할 수 없는 일이었다.

현 황태자인 요히토의 아내는 전통적인 명문가 출신이 아니라는 이유 하나만으로 유산될 정도로 고통 받았다.

그런데 외국인, 그것도 개무시하는 국가인 필리핀 출신의 황비와 천황?

일본 극우가 단체로 할복해도 이상할 게 없는 일이다.

"그리고 그들은 너도나도 천황에게 충성을 맹세하고 있지요."

"실질적으로 충성의 대상은 요히토구요."

현 천황은 살아생전 퇴임하겠다는 의지를 명확하게 했다.

당연히 지금부터 모든 권력이 향할 곳은 요히토다.

"극우 세력을 정리하려고 왔다고 했을 때 뜬금없이 천황가를 건드리기 시작하셔서 도대체 왜 그러시나 했습니다. 하지만 가장 효율적인 우두머리를 건드리신 셈이군요."

여기서 타이토를 지지하면 극우라는 이름을 잃는 것이다.

그들은 외세에 나라를 통째로 팔아먹는 놈이 될 뿐이다.

그렇다고 요히토를 지지하자니, 그는 극우 세력을 별로 좋아하지 않는다.

더군다나 확고한 개혁 의지를 가진 개혁 지지자다.

"지금 일본 극우 세력은 어디에도 갈 수가 없지요."

물론 다른 방법이 있기는 하다.

바로 천황제를 부정하는 것이다.

하지만 그랬다가는 극우고 나발이고 중요한 게 아니라 생존이 불투명하게 된다.

지금까지 천황제를 부정하려고 했던 모든 세력들이 결국 반국가 단체들로 드러났기 때문이다.

거기에다 일본에서 자국 내 충성 교육을 할 때 가장 많이 쓰는 것이 천황이다.

권력과 세력이 없기에, 사용하기 편한 허수아비였던 탓이다.

"하지만 이제는 아니지요."

두 개의 세력으로 나뉜 요히토와 타이토.

그리고 정당성 면에서는 요히토가 압도적으로 유리한 상황.

"그러면 이대로 그냥 두면 되는 건가요?"

"일단은요. 이건 절대 해결될 수 없는 사항이니까요."

"어째서요?"

"일단 유전자 검사는 할 수가 없으니까요."

유전자 검사는 불가능하다.

당연하게도 그 정당한 답도 나올 수가 없다.

결국 시간을 질질 끌 수밖에 없는 상황이 된다.

"그리고 일본 궁내청은 당황스러운 상황이 되죠. 일단 돈을 끊을 수도, 안 끊을 수도 없는 상황이 되어 버린 셈이니까요."

마리엘에게 주던 돈을 끊어 버리면 사실상 저스틴이 타이토의 아들이라는 걸 인정하는 꼴이다.

이번 소송에 대한 보복으로 인해 돈을 끊었다는 말이 나올 게 뻔하니까.

하지만 사건이 드러난 상황에서 계속 돈을 주는 것도 이상하다.

줄 이유가 없으니까.

결국 방법이 없다.

"그리고 극우들이 싸우는 동안에 그들이 문화적인 문제에 대해 신경 쓸 틈이 있을까요?"

"있을 리 없죠."

당장 극우 세력은 멀쩡한 조직이 없다.

심지어 대형 조직에서는 안에서 싸움이 나서 멀쩡하게 돌아가지 못할 정도다.

"그리고 여기에 새로운 소문을 하나씩 터트리면 되는 거죠, 후후후."

⚖️

얼마 후에 일본의 인터넷에 충격적인 소문이 돌았다.

궁내청에서 천황가를 필리핀에 넘기는 조건으로 막대한 이득을 약속받았다. 그래서 지금까지 천황가가 외부와 단절된 것이다. 심지어 외부에 도움을 청할 수도 없었다.

물론 말도 안 되는 상상이기는 하다.

하지만 상황이 너무나 공교로웠다.

그리고 일본인들이 추앙하는 것은 천황가지 궁내청이 아니다.

지금까지 모든 걸 통제하던 궁내청은 곤혹스러운 상황에 처했다.

당연하게도 그들의 모든 사업도 말이다.

"일본인들은 한 가지는 확실하지요. 원한을 잊지 않는다는 거요."

노형진은 유민택을 보면서 싱긋 웃었다.

그들은 원한을 품은 경우 아주 집요하게 보복을 한다.

한국 사람들이 앞에서 크게 화를 내고 뒤끝을 남기지 않는 반면, 일본인은 복수의 칼날을 아주 오랫동안 간다.

실제로 일본의 모 우유 기업에서 비리를 저지른 적이 있었다.

그 당시 일본의 3대 우유 기업 중 한 곳이었음에도 불구하고 결국 채 3년도 가지 못하고 파산했다.

하지만 한국에서 비슷한 일이 터졌을 때 그 기업은 2+1 행사를 대대적으로 때렸고, 결과적으로 매출이 그다지 떨어지진 않았다.

"그런데 이 소문의 대상에는 바로 명문가가 있지요."

"명문가라. 나도 이미 알아봤네. 하지만 자본가에 가깝더군."

"현대에 돈이 없는 명예나 권력이라는 게 가능하기나 합니까? 명예도 권력도 결국 돈이지요. 그런 말이 있지 않습니까? 권력자들의 궁극의 꿈은 재벌가다."

일본의 명문가. 그들은 다름 아닌 자본가들이다.

물론 자본가가 아닌 명문가들도 있기는 하다.

하지만 21세기는 자본주의 시대. 돈이 없는 명문가가 명문가라는 이유 하나만으로 존경받지는 못한다.

돈이 있고 사회적으로 명망이 있어야 명문가가 된다.

결국 명문가란 오랜 시간 돈을 지킨 가문에 붙는 명칭인지도 모른다.

"어찌 되었건 일본의 명문가니 정치 전문가니 하는 놈들은 현재 일본의 정신적 지주인 천황을 무시하고 있습니다. 우리는 그러한 상황을 국민들에게 알리면 되는 거죠."

어찌 되었건 천황에 대한 충성을 세뇌당하다시피 하며 배운 일본 국민들에게, 고작 행정 관료가 천황을 좌지우지하고 그 결과 천황가의 핏줄이 필리핀의 출신도 모르는 집안에서 태어나게 되었다는 사실이 얼마나 충격이 될지는 모를 일이다.

"그러면 저스틴의 소송이 오래가야 유리하겠군. 이 소송이 얼마나 갈까?"

"사실 오래가지는 못할 겁니다."

"어째서?"

노형진의 말에 유민택은 고개를 갸웃했다.

아무리 생각해도 연 단위로 이어질 수밖에 없는 사건이다.

당장 그가 생각해도, 일본의 천황가에서 유전자를 줄 가능성은 전혀 없으니까.

"필리핀이 문제죠. 사실 현재 필리핀은 일본에 상당 부분 경제적으로 종속되어 있는 상황이거든요."

물론 필리핀에 한국 기업들도 많이 진출했다.

하지만 그래도 여전히 권력을 잡고 있는 것은 일본 기업들이다.

정치적으로는 아예 일본 판이라고 봐도 무방하다.

'정치인들이 위안부를 기리기 위한 동상을 세우면 게거품을 물지.'

사실 한국에 수많은 위안부 피해자들이 존재하는 만큼 필리핀에도 적지 않은 피해자들이 존재한다.

주요 전쟁터가 된 필리핀은, 일본군이 난데없이 마을에 들이닥쳐서 젊은 여자들을 강제로 끌고 가는 일이 비일비재했기 때문이다.

유엔에서 추정하는 일제시대의 위안부 숫자는 무려 20만 명.

물론 일본 정부의 공식 입장은 단 한 명의 위안부도 없었다는 것이지만 말이다.

"어찌 되었건 일본에 정치적으로 종속된 필리핀 입장에서는 일본의 압력에 굴할 수밖에 없습니다."

"재판을 해도 결국 질 수밖에 없다는 거군."

"그렇습니다."

저스틴이 천황에 대한 유전자 검사를 요구한다고 해도, 아마도 필리핀 정부와 필리핀 재판부는 그러한 요구를 일본에 하지도 않을 것이다.

"음…… 그건 생각하지 못했군. 하긴, 내가 아는 필리핀의 상황을 생각하면 충분히 그러고도 남지."

한국도 친일파에게 권력이 넘어가 있지만 필리핀은 더하다.

최소한 한국은 경제적 자립은 이루었지만 필리핀은 그러한 경제적 자립도 이루어 내지 못했으니까.

관광지로서 유명한 필리핀이지만 그 관광객은 대부분 일본인과 한국인 그리고 중국인이다.

"그러면 이대로 싸움에서 지게 놔둘 건가? 그러면 아무런 의미도 없이 끝날 텐데."

물론 재심을 신청할 수도 있다.

하지만 이미 답이 나온 재판을 하는 필리핀 재판부가 재심을 한다고 해서 판결을 바꿀 가능성은 없다.

"글쎄요. 전 다르게 생각합니다."

"다르게?"

"재판을 길게 할수록 일본 황실의 치부가 점점 더 드러날 겁니다. 이미 재판에 들어갔다는 것 자체가 치부가 드러난 상황이거든요."

"그렇지."

"저들은 그걸 막으면서 동시에 치부도 부정해야 합니다. 단순히 소송에서 지는 것만으로는 그들의 치부를 막을 수 없을 겁니다."

사람들이 바보가 아닌 이상에야 분명 이 재판에 뭔가 있다는 것을 모르지는 않을 테니까.

"당연히 필리핀과 일본 정부는 다른 방법을 쓰려고 하겠지요. 다행히도 저들에게는 아군이 있습니다."

"아군?"

"마리엘 말이지요."

마리엘. 타이토의 전 연인이자 저스틴의 엄마.

"그동안 마리엘은 일본의 비호 아래 풍요로운 삶을 살아왔습니다. 만일 그녀가 그걸 포기하고 아들에게 황실의 인정을 받게 해 주려 했다면 이미 했겠지요."

"그래서?"

"하지만 그녀는 그럴 생각이 없습니다."

필리핀에서 그 정도 삶을 이어 가는 건 쉬운 게 아니다.

만일 이 소송이 계속된다면 마리엘은 자신의 삶이 무너지는 걸 그냥 두 눈 똑바로 뜨고 봐야 한다.

당장 일본의 지원이 끊어질 테니까.

"그거랑 이번 사건이랑 무슨 관계가 있다는 건가? 소송을 건 사람은 마리엘이 아니라 저스틴이야. 그리고 저스틴은 이미 성인이고."

그러니 마리엘이 뭐라고 하든 저스틴이 그걸 취소하지 않으면 어쩔 수 없다.

"물론 그렇지요. 한 가지만 빼고요."

"한 가지?"

"네. 마리엘은 엄마인 만큼, 저스틴의 과거에 대해 잘 압니다. 정확하게 표현하면, 잘 알 거라고 사람들은 생각합니다."

"그래서?"

"아마도 마리엘과 일본 그리고 필리핀 정부는 저스틴을 정신이상으로 몰고 갈 겁니다."

유민택은 자신도 모르게 긴 한숨을 쉬었다.

그가 생각하지 못한 가능성.

하지만 노형진의 말에 어떤 일이 벌어질지 바로 알아차린 것이다.

"그렇군. 정신이상이라……. 그거라면 확실하게 해결이 가능하지."

정신이상으로 정신병원에 가둬 버리면 저스틴은 아무런 행동도 못 한다.

정신병원은 범죄자를 가두어 두는 감옥도 아니기에 당연히 변호사의 조력도 받지 못한다.

"더군다나 정신병원은 기간에 기한이 없지요."

친자 관계 확인 소송은 민사다.

그걸 가지고 저스틴을 가두어 둘 수도 없거니와, 설사 어찌어찌 가둔다고 해도 기껏해야 1년이나 될까 말까다.

"하지만 정신병원은 수십 년, 어쩌면 평생을 가두어 둘 수도 있지요."

그 과정에서 필요한 것은 다름 아닌 가족의 동의.

"그리고 마리엘은 자신의 삶을 지키기 위해서라면 뭐든 하려고 할 겁니다."

그녀 스스로 나서서 아들이 정신이상이었다, 죄송하다, 그렇게 사과한 후에 저스틴을 정신병원에 넣어 버리면 상황 끝이다.

누구도 그를 꺼내 주려고 하지 않을 것이 뻔하다.

당연하게도 이번 일은 정신이상자의 한낱 해프닝으로 끝날 것이다.

물론 누군가는 의구심을 가질지 모르지만, 당사자가 신청해도 안 되는 유전자 검사가 타인이 신청한다고 해서 될 리없다.

"정신이상이라."

유민택은 눈을 살짝 찡그렸다.

노형진의 말대로라면 자신들에게 유리한 게 하나도 없으니까.

"그러면 어쩔 건가? 그를 그냥 둘 건가?"

"아니요. 이미 그에게 경호원을 붙였습니다. 물론 근접 경호가 아니라 원거리 경호지만요."

"그래서?"

"그를 필리핀에서 빼돌릴 생각입니다."

유민택은 고개를 갸웃했다.

"빼돌린다?"

"네. 그를 중국으로 망명시킬 겁니다."

"뭐어?"

노형진의 말에 유민택은 깜짝 놀랐다.

갑자기 중국으로 망명이라니?

하지만 노형진이 하는 말을 들으면서 자신도 모르게 혀를 끌끌 찼다.

어떤 면에서는 이렇게까지 이용당하는 일본의 일왕가가 불쌍해질 지경이었다.

"한국으로 그를 데리고 올 수는 없습니다."

한국은 전 세계에 망명을 잘 허용하지 않는 나라로 유명하다.

물론 아예 없는 건 아니지만 필리핀과 일본, 심지어 모친 조차 정신이상을 주장하는 남자의 망명을 받아 줄 가능성은 높지 않다.

"한국 정부는 친일파가 꽉 잡고 있으니까요. 하지만 중국 은 아니죠."

중국은 기본적으로 반일본 정서가 강하다.

한국과 다르게 친일 정치인들이 발붙이기 힘든 구조이기 때문에 그들이 로비를 통해 저스틴의 망명을 막기도 힘들다.

"그리고 중국은 우리나라만큼이나 당한 게 많지요."

"옳거니! 무슨 뜻인지 알겠네. 중국을 이번 싸움에 끼게 만들 생각이군."

"그렇습니다."

저스틴이 망명하고자 하면 중국은 분명 받아 줄 것이다.

단순히 '사이가 안 좋다'의 문제가 아니다.

다른 나라의 황가의 핏줄이 맞는다면, 황위 계승권자가 중 국 손에 들어가는 셈이다.

"그리고 제가 아는 중국이라면, 기회가 된다면 황위 계승권에 영향을 미치려고 할 겁니다."

설사 실익이 없다고 하더라도, 일본에 엿을 먹일 수 있다면 음지에서라도 저스틴을 도와줄 게 뻔했다.

"우리가 군이 정치적 부담을 짊어질 이유는 없지요."

노형진은 싱긋 웃었다.

"아마 지금쯤 저스틴도 상황을 알아차렸을 겁니다, 후후후."

⚖️

"뭐…… 뭐야, 당신들!"

저스틴은 갑자기 자신을 두들겨 패면서 강제로 차량에 태우려고 하는 사람들에게 저항하려고 했다.

"엄마? 이 새끼들 뭐야! 뭐냐고!"

다른 곳도 아니고 집이다.

그런데 이 미친놈들은 자신을 강제로 끌고 가려고 하고 있다.

더군다나 어머니인 마리엘은 그걸 보고만 있다.

"저스틴, 넌 머리가 아픈 거야. 그러니까 조용히 병원에 갔다 오렴. 괜찮아질 거야. 걱정하지 마."

"뭐라고?"

저스틴은 멍하니 엄마를 바라보았다.

그리고 깨달았다.

어머니가 자신을 배신했다는 것을.

'그 말이 사실이구나.'

소송을 하기는 했지만 사실 자신의 아버지가 천황가 사람이라는 말을 완전히 믿은 건 아니었다.

다만 진짜 아버지를 찾고 싶었을 뿐이다.

하지만 지금 그는 알 수 있었다, 진짜 천황가의 피가 자신에게 흐르고 있음을.

그렇지 않다면 지금의 상황이 설명이 되지 않았다.

"놔줘, 이 새끼들아! 엄마! 이 새끼들더러 나가라고 해! 어서!"

"저스틴, 괜찮아, 괜찮아. 엄마는 널 사랑한단다. 설마 아픈 아들을 버리겠니?"

그렇게 말하면서도 자신과 눈도 마주치지 못하는 마리엘을 보면서, 저스틴은 입술을 깨물었다.

'쌍.'

그는 분명 느낄 수 있었다.

여기서 이대로 끌려가면 끝이라는 사실을.

죽을 때까지 다시는 세상을 보지 못하게 될 거라는 사실을.

"놔! 아악! 놔! 놓으라고, 이 새끼들아! 내가 누군지 알아! 놔! 아악! 놔! 놓으라고!"

저스틴은 어떻게 해서든 벗어나기 위해 몸부림을 쳤다.

하지만 이들은 이미 이런 일에 이골이 난 사람들이었다.

"팔다리 하나씩 잡아! 어서!"

"이런 미친놈! 잡아넣어!"

그들은 저스틴에게 달려들어서 팔과 다리를 붙잡았다.

당연하게도 저스틴은 물어뜯어서라도 그들을 떨쳐 내려고 했지만 곧 그에게 두건이 뒤집어씌워졌다.

"엄마! 엄마!"

저스틴은 어떻게 해서든 풀려나기 위해 애타게 엄마를 불렀지만 엄마의 목소리는 미묘하게 차가웠다.

"저스틴, 미안하다. 미안해."

미안하다고 하지만 그녀는 막지도, 따라오지도 않았다.

"안 돼!"

결국 남자들에게 강제로 결박된 저스틴은 질질 끌려서 정신병원으로 가는 차량에 강제로 태워졌다.

"꽉 붙잡아!"

"이 새끼 절대로 도망치지 못하게 해!"

그들은 몸부림치는 저스틴을 억눌렀다.

저스틴은 눈물을 흘렸다.

'내 인생은 끝났구나.'

목을 파고드는 차가운 주삿바늘의 느낌.

그리고 온몸에서 힘이 사라지며 혼미해져 가는 정신.

분명 몸에 일종의 약이 들어왔을 것이다.

"으으으……."

"미친 새끼."

"그런데 그 소문이 진짜일까?"

"상관있어? 어차피 우리가 할 일은 똑같은데."

"그건 그렇지."

축 늘어진 저스틴.

그리고 그를 태운 앰뷸런스는 한적한 시골길을 달려서 정신병원으로 향했다.

"으으으으……."

"황가의 핏줄이니 뭐니 해도 역시 인간이네. 약 한 방에 훅 가는 거 봐라."

키득거리는 사람들.

하지만 그들은 이내 비명을 지를 수밖에 없었다.

투타타타!

"으악! 뭐야!"

"무슨 일이야!"

급브레이크를 밟으면서 멈추는 앰뷸런스.

그리고 연이어 들리는 총소리.

그들은 일이 터졌다는 것을 알고는 다급하게 움직였다.

하지만 그들이 움직인다고 해서 총에 저항할 수 있는 건 아니었다.

"꼼짝 마! 움직이지 마!"

두건을 쓴 남자들이 앰뷸런스의 문을 열었다.

차에 탄 이들은 그 얼굴을 볼 수는 없었지만 그들의 손에 들린 AK소총은 알아볼 수 있었다.

"천천히 나와!"

"기어 나와!"

"연락을 하려고 하거나 저항하려고 하면 대가리에 구멍을 내 주마!"

갱단의 위협에 남자들은 엉거주춤하게 움직였다. 이미 무전기가 있는 앞쪽에 있던 남자는 질질 끌려 나오고 있었다.

"으으으……."

"제발…… 제발 살려 주세요."

아까와 다르게 자신들이 끌려 나가는 상황이 되자 그들은 눈물을 흘리며 빌었지만 누구도 그들을 도와주지 않았다.

아니, 도리어 그들의 귀에 들린 것은 청천벽력 같은 소리였다.

"지금부터 너희 미제 앞잡이들에 대한 처벌을 시작한다."

"미……제 앞잡이라니요!"

"저희는 그런 게 아니에요!"

그들은 다급하게 소리 질렀지만, 남자들은 그들을 끌고 숲으로 들어갈 뿐이었다.

정신병원이 워낙 한적한 곳에 있었기에 도움조차도 받을 수 없는 상황.

그들이 끌려간 곳에는 다섯 개의 구덩이가 준비되어 있고 그 옆에는 카메라가 설치되어 있었다.

"아…… 안 돼……."

"살려 주세요! 살려 주세요!"

그게 뭘 의미하는지 모를 그들이 아니었기 때문에 다섯 명의 남자들은 당황해서 허둥거렸다.

요즘 암약하는 이슬람 극단 세력이 필리핀에 들어왔다는 소문을 듣기는 했지만 설마 진짜로 이런 일이 벌어질 줄은 몰랐던 것이다.

"너희는 미제 앞잡이로서 알라를 배신했다. 미제의 종교를 믿고 그들의 돈을 받았다. 그 잘못은 목숨으로 갚아라."

"잘못했습니다, 엉엉."

"다시는 안 그럴 테니 살려 주세요, 엉엉엉."

분명 그들이 운영하는 병원이 미국 계열이기는 했다.

"이제 형을 집행한다. 코란에 따라 기도문을 암송한 후 참수를 집행한다."

"으아아…… 제발…… 제발……."

하지만 그들이 뭐라고 하든 그들의 머리에 두건이 씌워졌고 그 장면은 카메라로 모조리 촬영되고 있었다.

"이럴 수는 없어…… 이럴 수는……!"

"홀어머니가 있습니다, 홀어머니가!"

"아이들이 저를 기다립니다!"

그들은 강제로 무릎 꿇려지는 와중에도 울부짖었다.

그들의 뒤에서 들리는 코란의 암송 소리.

그들은 눈물을 흘리면서 마지막을 준비했다.

드디어 코란 암송이 끝나고 남자가 차가운 목소리로 말했다.

"용기 있는 자, 두건을 벗고 앞으로 나오라. 우리가 알라에게 보내 주겠다. 용기 있는 자만이 알라의 천국에서 일흔두 명의 처녀를 품을 수 있다. 단 한 명만 나선다면 나머지 사람들은 살려 주마."

하지만 누구도 나갈 수 없었다.

나가는 순간 죽는다는 소리니까.

말이 좋아서 일흔두 명의 처녀지, 필리핀은 가톨릭 국가다. 그딴 걸 믿는 사람은 없다.

"흑흑흑."

"여보, 미안해."

그렇게 아무도 나서지 않았다.

그렇게 한참이 지나도, 누구도 앞으로 나가지 않았다.

누구 한 명 앞으로 나서지 않은 채 한 시간, 두 시간, 세 시간이 흘렀다.

'뭐지?'

그들은 뭔가 이상하다는 생각이 들었다.

테러범들이 뭐가 아쉬워서 자신들을 세 시간이나 기다려 준단 말인가? 그것도 말 한마디 하지 않고 말이다.

그렇다고 그냥 움직이자니, 먼저 움직이는 놈이 먼저 죽을 것 같았다.

누구도 움직이지 않고 누구도 나가지 못한 채 그렇게 하룻밤이 지났다.

마음 같아서는 움직이고 싶었겠지만 그들은 움직이는 자를 제외하고는 살려 준다는 말에 꼼짝도 못 했다.

그리고 그렇게 서늘한 새벽 공기가 사라지고 점점 공기가 따뜻해짐을 느낄 때쯤, 누군가 그들을 툭 쳤다.

"으아아악!"

"아이고, 깜짝이야! 아저씨들, 여기서 뭐 해요?"

비명을 지르던 남자는 낯선 목소리에 다급하게 두건을 벗었다.

그의 눈에 들어온 것은 비어 있는 다섯 개의 구덩이와 두건을 쓴 채로 오줌똥을 질질 싸고 있는 동료들이었다.

"이슬람교는 왜 판 겁니까?"

"공포심을 자극하려고요. 현재 기독교랑 사이가 가장 안 좋지 않습니까?"

이번 일을 담당한 남자의 말에 노형진은 피식 웃었다.

"단순히 그것뿐?"

"혼선을 주기 위해서지요."

애초에 납치될 걸 알고 있었기에 비상시 구출 작전은 짜여 있었다.

그리고 예상대로 납치가 이루어졌고, 저스틴을 구할 수 있었다.

"최소한 하루는 이슬람 극단 세력을 추적할 겁니다. 그 시간을 벌었으니 우리가 저스틴이 깨어날 시간을 벌 수 있었던 거고요."

실제로 그들이 벌벌 떨면서 밤을 새운 덕분에 저스틴은 조금씩 정신이 돌아오고 있었다.

"그냥 대사관으로 가면 안 되나요?"

"망명은 아주 중요한 문제입니다. 우리가 정신이상이나 인사불성인 자를 데리고 간다면 중국에서 받아 줄 리 없습니다. 저스틴이 멀쩡한 정신으로 가야 합니다."

그래서 노형진은 시간이 필요했다.

저스틴은 새론에 의뢰를 맡겼다.

당연히 저스틴이 사라지면 의심받는 1순위는 새론이다.

"하지만 일단 이슬람 극단 세력이라는 존재가 나섰으니 새론은 전혀 모르는 사항이 되었지요."

실제로 지금 새론 법무 법인 필리핀 지점은 난리가 났다.

중요 의뢰인이 실종되었으니까.

"필리핀 정부가 그쪽을 아무리 족친다고 해도 아무것도 못 건질 겁니다."

"하지만 의심은 할 텐데요."

"물론 그렇지요. 그래서 제가 새론을 내세운 겁니다."

새론은 어찌 되었건 한국계 기업이다.

그런데 한국계 기업인 새론이 이 일에 관련되어 있다면, 필리핀 정부는 그 손에서 저스틴을 찾으려고 할 것이다.

"그리고 새론 입장에서는 당연히 망명할 곳으로 한국을 정할 겁니다."

본사가 한국에 있으니 한국에서 보호할 수 있을 테니까.

"하긴 그건 그렇겠죠. 방금 대사관 쪽에 있던 부하에게서 연락이 왔습니다."

어마어마한 병력의 경찰이 와서 한국 대사관 입구를 틀어 막았다고 말이다.

거기를 뚫고 들어가려면 장갑차라도 동원해야 할 것이다.

"그럼으로써 우리는 우리 의도를 속일 수 있지요."

노형진은 빙긋 웃었다.

"물론 저스틴이 깨어나기만 하면 말이지요."

때마침 문이 열리면서 누군가 고개를 들이밀었다.

"대상이 깨어났습니다. 독한 약을 썼나 보군요, 무려 스물여덟 시간이나 잔 걸 보니."

"뭐, 상황이 상황이니까요."

노형진은 고개를 끄덕거리며 일어났다.

"저스틴 씨랑 진지한 이야기를 해 봐야 할 시간이군요."

저스틴은 자신의 상황에 대해 생각보다 쉽게 받아들였다.

　다만 어머니가 자신을 배신한 것에 대해 심한 충격을 받아서 문제였지.

　"상황을 봐서는 제가 분명 일본 황제의 핏줄은 맞는 것 같네요."

　힘없이 말하는 저스틴.

　"그러면 이제 저는 중국으로 가야 하는 겁니까?"

　"그렇습니다. 중국은 정치적 목적 때문에라도 저스틴 씨를 받아들여 줄 겁니다."

　"미국은요? 다른 제삼국은 안 됩니까?"

　노형진은 고개를 흔들었다.

　"힘듭니다."

　미국은 일본에 우호적이다.

　그들은 현재 일본에 대혼란이 벌어지기를 원하지 않는다.

　그렇다 보니 그의 망명을 받아 주기는커녕, 바로 필리핀 정부로 신병을 인도할 가능성이 높다.

　"다른 나라도 마찬가지지요."

　유럽도 일본의 영향력이 적은 것은 아니다.

　어찌 되었건 일본은 세계적인 강국이니까.

　"하지만 중국은 아니지요."

물론 중국도 일본의 영향력이 강한 건 사실이지만, 그렇다고 해서 한국이나 필리핀처럼 일본의 말에 질질 끌려가는 나라는 아니다.

　"더군다나 중국은 반일본 정서가 아주 심하지요. 저스틴 씨를 필리핀에 넘겨줄 경우 국민들의 민심 이반이 극심할 겁니다."

　아이러니하지만 중국 정부가 가장 무시하는 것도 인민이고 가장 두려워하는 것도 인민이다.

　인민의 수가 어마어마하다 보니 폭동이라도 터지면 몇만 정도가 아니라 몇십만 단위의 사상자가 나오기 때문이다.

　그래서 현재도 중국은 사람들이 뭉치는 것을 극도로 두려워한다.

　중국의 그 유명한 천안문사건 이후에는 더더욱 그랬다.

　"그러니 중국이 안전합니다."

　"그러면 제가 거기로 걸어 들어가면 됩니까?"

　"아니요. 그럼 안 됩니다. 애석하게도 필리핀과 일본 정부도 바보는 아니더군요."

　주력은 한국 대사관을 지키고 있지만 소수의 병력이 중국 대사관을 지키고 있다.

　일본 스스로도 아는 거다. 저스틴이 망명을 한다면 한국 아니면 중국이라는 사실을 말이다.

　그래서 필리핀을 통해 입구를 막게 하고 있었다.

"그러면 어떻게 갑니까? 차로 밀어요?"

"떠나기로 마음 굳히신 겁니까?"

"여기서 제가 할 수 있는 게 뭐가 있겠습니까?"

여기에 있으면 죽을 때까지 정신병원에서 살아야 한다.

그러니 선택 사항은 없다.

"좋습니다. 들여보내 드리지요. 하지만 차로 밀어 버릴 수는 없습니다. 그랬다가는 범죄자가 되니까요."

"그러면요?"

"당당하게 들어가시면 됩니다."

"어떻게요?"

"제가 그렇게 만들어 드릴 테니 걱정하지 마세요."

노형진은 저스틴의 어깨를 두들기며 말했다.

극우를 내 손안에

　필리핀 정부는 일본 정부의 부탁을 받아들여서 주요 대사
관을 봉쇄하고 출입하는 모든 사람들을 감시했다.

　당연하게도 그로 인해 다른 대사관들이 불만을 토로했지
만 일본이 필리핀에 끼치는 영향력이 워낙 크다 보니 어쩔
수가 없었다.

　물론 영원히 그럴 수는 없기에 최대한 빨리 저스틴을 찾기
위해 발악했지만, 애초에 노형진이 그걸 예상하고 현지의 새
론 지부를 완전 배제하고 움직였기 때문에 추적할 방법이 없
었다.

　"하지만 시간만 보낼 수는 없지."

　시간이 지나면 봉쇄야 풀리겠지만 당연히 그사이 사회적

떡밥도 풀릴 것이다.

가능하면 빨리 움직여야 한다.

"저스틴인 것처럼 해서 경비들을 불러올까요?"

"그건 힘들 겁니다. 경비들도 바보가 아니니까요."

일부는 따라올지도 모르지만 전부 다 따라오지는 않을 것이다.

당연히 그들은 혹시나 모를 함정에 대비해서 절대로 움직이지 않을 것이다.

"여러 명을 보내면요?"

"함정이라 생각해서 더 움직이지 않겠지요. 그리고 우리가 상대하는 것은 개인이 아니라 조직입니다. 그들은 언제든지 지원을 불러올 수 있습니다."

"끄응…… 쉽지 않네요. 벽을 밀고 갈 수도 없는 노릇이고."

"그래서 저는 다른 방법을 생각했습니다."

"어떻게요?"

노형진은 손을 들어서 하늘을 가리켰다.

"하늘이지요."

"네?"

⚖️

얼마 후 저스틴은 떨떠름한 표정으로 어떤 고층 빌딩의 옥

상에 있었다.

"이거…… 안전한 거 맞지요?"

"걱정하지 마세요. 경험만 10년입니다."

가슴을 탕탕 치는 남자. 그는 자신 있다는 듯 웃었다.

"하지만 밤인데요?"

저 멀리 보이는 중국 대사관.

이곳은 그 중국 대사관 근처의 고층 빌딩이었다.

"밤이라도 상관없습니다. 허공에는 장애물이 없으니까요."

남자는 다름 아닌 패러글라이딩 전문가였다.

그는 저스틴과 함께 빌딩에서 뛰어내려서 중국 대사관으로 들어갈 생각이었던 것.

"무서우시면 눈을 가려도 됩니다."

"아니요, 그냥 가겠습니다."

저스틴은 잠깐 머뭇거리다가 답했다.

컴컴한 밤.

거기에다 시커먼 색의 패러글라이더를 쓰면 보이지 않는다.

당장 경찰 병력은 소대 병력이지만 주변 입구나 경비가 허술한 쪽을 감시하고 있지 하늘을 볼 일은 없다.

"설사 발견한다고 해도 섣불리 총질은 못 합니다."

일단 대부분의 병력이 총이 없거니와, 하늘을 날아가는 걸 맞히는 건 쉬운 일이 아니다.

거기에다 여기는 도심지. 총질을 하면 주변에서 난리가 난다.

"차라리 헬기로 가는 게…….."

"불가능합니다. 여기는 비행 제한구역이거든요."

여기에 들어오는 순간 당장 레이더에 발각되고 대공포가
불을 뿜을 것이다.

"하지만 패러글라이더는 아니죠."

건물 사이를 낮은 고도로 날기 때문에 도심 대공포 라인에
서 벗어나는 데다가 레이더에도 걸리지 않는다.

"걱정하지 마세요. 중국 대사관에는 이미 이야기해 놨습
니다."

중국 대사관에 무조건 들어가는 건 아니었다.

이미 그쪽의 동의를 얻어 놨다.

일본을 뒤흔들 가장 강력한 무기를 중국에서 거절할 리 없
었고, 그들은 파티를 가장해서 정원을 환하게 밝혀 착륙 유
도까지 하고 있었다.

"후우, 알겠습니다."

저스틴은 고개를 끄덕거리고 2인용 패러글라이딩 세트를
몸에 걸쳤다.

"갑니다."

"가…… 아니…… 잠시만, 저 입에 물 것 좀 주세요. 비명
을 지를 것 같은데요."

"아, 걱정 마세요. 저 아래까지 들릴 일은 없으니까."

"네?"

그 순간 수백 대의 오토바이들이 중국 대사관을 향해 우르르 몰려드는 것이 보였다.

"뭡니까, 저건?"

"어, 그냥 알바라고 해야 하나요?"

필리핀은 가난한 나라다.

그래서 차를 가진 사람보다 오토바이를 가진 사람이 더 많다.

"저거 위험한 거 아닙니까?"

"전혀요."

자국민들이고 무장한 것도 아니다.

저들은 어떠한 위협적 구호도 없이 그냥 미친 듯이 중국 대사관을 뱅뱅 돌 뿐이었다.

"물론 클랙슨 정도는 울리겠지만."

미친 듯이 울리기 시작하는 빵빵 소리.

"아마 다른 데에 신경 쓰지 못할걸요. 비명, 시원하게 지르셔도 됩니다."

"네? 그래도…… 으아아아!"

저스틴은 뭐라고 하려고 했지만 전문가는 기다리지 않고 바로 뛰어내렸다.

저들이 도착하면 분명 지원이 올 테니까.

그 전에, 저들이 시선을 끄는 동안에 들어가야 했다.

"으아아아아아아아아아아아아아악!"

멀어지는 저스틴의 비명.

하지만 대사관에 있던 병력은 어마어마한 오토바이 군중에 신경을 쓰느라 밤하늘을 날아가는 검은색의 패러글라이더를 볼 수가 없었다.

그리고 그렇게 허공을 훨훨 날아서 안전하게 중국 대사관에 안착한 패러글라이더를 보고 노형진은 주먹을 불끈 쥐었다.

"빙고."

⚖️

저스틴은 중국의 손에 들어왔다.

중국 언론은 그 사실을 대대적으로 홍보했다.

실제로 정신병원에 갇힐 뻔한 그였기에 망명 신청은 어렵지 않게 통과되었고, 일본은 그것 때문에 대혼란이 왔다.

물론 그 혼란을 불러일으킨 것은 다름 아닌 노형진이 키우던 정치 지망생들이었다.

"친애하는 신민 여러분! 결국 타이토 왕자의 핏줄이 중국으로 넘어갔습니다! 지금 그는 중국의 지원을 받고 있습니다! 이게 무슨 말인지 아십니까? 만일 그가 천황이 된다면 우리 일본은 필리핀과 중국이 나눠 먹게 된다는 소리입니다!"

물론 조금이라도 정치를 아는 사람이라면 개소리라고 치부할 일이다.

일단 차기 천황의 지명권은 현 천황이 가지고 있고 타이토가 미치지 않고서야 저스틴을 지명할 리 없으니까.

하지만 극우에게 주요한 것은 그러한 법률적 지식이 아니다. 상대방에 대한 증오와 그걸 이용할 수 있는 정당성뿐이다. 그리고 이번에는 그게 완벽하게 맞아떨어졌다.

"수천 년을 이어 온 우리 천황가를 외국의, 그것도 혼혈에 중국의 지원을 받는 자에게 넘겨주겠습니까?"

"아닙니다!"

"우우!"

"우리는 천황가를 지켜야 합니다!"

"천황은 우리의 생명이자 영혼!"

"천황 만세!"

사기꾼이라는 존재들은 애초에 말을 잘하고 이미지가 좋은 사람들이다.

그들이 노형진의 지원을 받아 가면서 정치판에 들어서자 사람들을 선동하는 것은 일도 아니었다.

"자칭 정치 명가라는 작자들은 외세에 대일본 제국을 넘겨주려고 수십 년간 암약하고 핏줄을 감춰 났습니다. 우리가 그냥 당할 수는 없습니다. 천황가를 보호하고 우리 대일본 제국을 보호해야 합니다!"

"천황께 충성을 해야 합니다!"

"천황 폐하의 복권을 막는 자들을 없애고 천황의 나라를 만듭시다!"

지금까지 일본이 극우를 이용해서 고치려고 한 것은 다름 아닌 평화 헌법이었다.

특히나 군사적 부분을 고쳐서 타국을 침략할 수 있게 하기 위해 노력해 왔다.

하지만 노형진이 그들을 이용해서 다른 안건을 던져 버리 자 생각지도 못한 사태가 벌어지기 시작했다.

"덴노 헤이카 반자이!"

"반자이!"

"반자이!"

2차대전 당시에 가장 많이 했던 말.

그리고 천황이 싫어하는 말이자, 일본 정치인들이 천황을 이용하기 위해 했던 말. 그게 전혀 다른 의미로 쓰였다.

천황에 대한 충성.

그리고 천황의 복권.

물론 그 운동의 핵심은 정당한 계승권자에게 천황가를 넘 겨주고 외세를 물리치자는 거다.

지금까지 자신들을 밀어주던 극우 세력이 그렇게 돌변하 자 일본의 정치인들은 난리가 났다.

"이거 어쩔 겁니까!"

정치인들은 말 그대로 멘붕 상태였다.

지금까지는 말로만 천황을 위하고 천황에게 충성을 이야기했는데, 이제는 진짜로 국민들이 천황에 대한 충성 맹세를 요구하기 시작한 것이다.

물론 뭉쳐서 뭔가 하는 작자들이 많은 것은 아니었다.

문제는 그걸 하는 일부였다.

"우리 지역구의 지지 세력이 세츠로라는 작자에게 넘어갔습니다."

정치인 한 명은 머리를 부여잡았다.

그의 구역에서 급속도로 성장하는 세츠로라는 정치 지망생을 견제하기는 했지만 그렇다고 해서 두려워하지는 않았다.

그를 지지해 주는 지역의 극우 세력이 있었기 때문이다.

하지만 얼마 전 그 세력 중 일부가 그 세츠로에게 넘어갔다.

"어째서요?"

"그 녀석이 천황에 대한 충성의 맹세를 요구했습니다."

애매한 말로 상황을 벗어나는 게 정치인들의 주특기이기는 하지만 이 경우는 그것도 불가능했다.

애초에 질문이 그걸 할 수 없을 정도로 노골적이었기 때문이다.

"저한테 정당한 천황가에 충성을 바칠 것이냐 아니면 외세의 피가 섞인 튀기에게 충성을 바칠 거냐고 묻더군요."

"그래서?"

"그래서라뇨. 이건 어떻게 벗어날 수 있는 것도 아니지 않습니까?"

애매하게 대답하거나 충성을 못 바친다고 하면 외세를 위해 일하는 자가 된다.

그렇다고 충성을 바친다고 하면 그때부터는 유지로 천황, 아니 차기 천황인 요히토에게 충성을 바쳐야 한다.

현 상황에서 유지로는 조만간 퇴임한다 했으니 말이다.

"이거 참. 어떻게, 다른 걸로 관심을 돌려 보죠. 원래 극우들은 우리가 군대를 가지는 것에 관심이 많지 않습니까? 그러니 군대를 가지고 있다면 이런 문제쯤이야……."

"이미 시도했지요. 하지만 그것도 이제는 못 합니다."

"왜요?"

"자위관들에게 충성 서약을 받는 게 지금 대유행이랍니다."

"자위관들에게 뭐요?"

다들 당황했다.

자위관들에게 충성 서약을 받다니, 그게 무슨 말이란 말인가?

"모르셨습니까?"

자위대는 일본의 군대다.

물론 그 세력이 약하고 얼마 안 된다고 하지만, 일본 내에서는 절대적인 무력이다.

해군 같은 경우는 이미 세계적인 레벨이고 말이다.

"그런 그들에게 황제에게 충성하고 외세에 저항하겠느냐

고, 대답하라고 윽박지른답니다."

"안 하면요?"

"그걸 문제 삼아서 불명예제대 시키라고 난리라고 하더군요."

군인이 자국이 아닌 타국에 충성하는 것은 미친 짓이다.

공식적으로 천황이 국가의 수반이므로 당연하게도 자위관들은 천황에게 충성을 맹세할 수밖에 없고 말이다.

물론 허울뿐인 맹세라고 할 수도 있지만, 그렇지 않을 수도 있다는 것이 문제다.

"젠장! 우리가 그래서 어떻게 해서든 천황이 세력을 가지지 못하게 하려고 노력하지 않았습니까?"

아 다르고 어 다른 법.

천황은 정치를 하지 못하지만 천황의 세력은 정치를 할 수 있다는 맹점.

그 때문에 일본 정치인들과 궁내청은 일반인이 천황과 접촉하는 것 자체를 막았다.

천황의 신성을 해친다는 이유로 말이다.

하지만 천황과의 접촉 여부와 상관없이 일어난 친親천황 세력. 그들은 여러모로 정치인들의 골칫덩어리가 되었다.

"일단 천황가에 겁을 줘 봐야겠습니다. 자꾸 깐죽거리면 천황제를 폐지한다고 말이지요."

"유지로야 그렇다고 하지만 요히토는 이빨도 안 들어갈 겁니다."

요히토는 확고한 개혁파다.

그건 황실만의 문제가 아니라 일본 정치계 전반에 대한 문제다.

"우리가 타이토를 밀어주는 이유가 뭔데요."

타이토는 극우다. 아니, 정확하게는 천황이 되기 위해 극우와 손잡았다.

그래서 그는 천황가가 현 상황을 유지할 것을 주장해 왔다.

그 때문에 그를 밀어준 것인데…….

"어떻게 쉬쉬하면서 시간을 끌어 보는 수밖에 없을 것 같군요. 요히토는 궁내청을 동원해서 꼼짝도 못 하게 압박을 가하면 될 것 같습니다."

그들은 나름대로 머리를 굴려 계획을 짰다.

하지만 노형진은 그들이 머리를 굴릴 시간을 줄 생각이 눈곱만큼도 없었다.

"큰일 났습니다!"

"중요한 회의 중이야! 감히 여기가 어디라고 들어와!"

비서 한 명이 얼굴이 새파랗게 변해 다급하게 뛰어들어 왔다.

"지금 중국 정부, 아니 중국에서 어떤 미친놈들이 기자회견을 했는데……."

"했는데?"

"자기들은 타이토 왕자의 천황 등극을 적극 환영한답니다."

다들 눈을 찌푸렸다.

중국에 미친놈들이 많기는 하지만 그들이 그런 걸 주장할 이유가 없기 때문이다.

"아니, 왜? 그놈들이 뭐라고 하든 우리는 상관없잖아!"

"그런데 그 단체에 저스틴이 끼어 있습니다."

"뭐?"

"그는 서자의 천황 위 계승이 인정되어야 하며, 자신 역시 그 권한이 있다고…….."

정치인들은 머리를 부여잡았다.

최악의 폭탄이 터져 버렸다.

⚖️

"으하하하!"

유민택은 신나게 웃었다.

그럴 수밖에 없다. 노형진이 유민택의 부탁대로 극우 세력의 힘을 완전히 빼 버렸기 때문이다.

빼 버린 정도가 아니라, 아예 상당수 극우 세력을 손아귀에 넣었다.

"중국에 일왕 지지 단체라니! 다른 사람들이 들으면 미친 놈들이라고 할 걸세."

난데없이 나타난 일왕 지지 세력.

물론 이것도 노형진의 계획이었다.

중국으로 도피시킨 저스틴을 전면으로 내세움으로써 그들은 정당성을 얻었다.

"여기서 문제가 생기는 거죠. 저스틴이 타이토의 자식이 맞는가 하는 문제가."

현 상황에서 타이토는 서자라는 의심을 받고 있다.

물론 그게 증명된 것은 아니다.

하지만 그런 의심을 확실하게 정리하고 넘어가지 않는 이상, 저스틴은 여전히 '친자 확인'이라는 무기를 휘두를 수 있다.

"그리고 저스틴은 현재 중국에 망명한 상태. 당연히 중국 정부에 타이토에 대한 친자 관계 확인 소송을 낼 겁니다."

그리고 중국 정부는 필리핀과 다르다.

자신의 손아귀에 있는 사람을 최대한 이용해 먹으려고 할 게 뻔하다.

"아마도 천황에 대한 유전자 제출 명령이 중국 정부에서 나오겠지요."

물론 그게 일본에서 받아들여질 가능성은 전혀 없다.

하지만 그 명령이 있다는 것 자체가 가지는 힘은 어마어마하다.

그걸 제출하지 않는 이상 중국 정부는 툭하면 요구할 것이다.

제출하지 않고 버티면서도 일본 정부는 곤혹스러울 테고.

"그래도 생각보다 지원이 많더군. 물론 자네와 우리가 몰래 지원한 게 많기는 하지만."

물론 자신들이 돈을 지원해 줄 수는 있다.

하지만 사람은 지원하는 데 한계가 있다.

그런데 의외로 그 단체에 가입하는 중국 사람들이 많았다.

"중국 사람이나 한국 사람이나, 일본에 당한 게 많지 않습니까? 제대로 한 방 먹이고 싶은 마음은 같을 테니까요."

그들은 돈을 내지는 않겠지만 세력이 커질 테고, 당연히 그 인원이 많아질수록 일본 정부도 곤혹스러울 것이다.

지금 상황도 그렇다.

사실 단체 규모만 본다고 하면 중국 정부에서 대대적으로 밀어줄 정도는 아니다. 하지만 중국 정부는 자신들의 불편한 심기를 그들을 밀어주는 것으로 표현했다.

당연히 그들이 언론에 계속 나오자 일본에 좋지 않은 감정을 가진 중국인들이 모일 수밖에 없었다.

"한국이나 중국이나, 일본에 대한 감정은 결코 좋지 않지요."

다만 다른 점은, 한국 사람들이 최소한 상식선에서 반일 운동을 하는 것과 달리 중국 사람들은 반일 감정이 터지면 지나가던 일본 차를 붙잡고 운전자를 끌어내려서 구타한다는 것이다.

그렇게 극단적으로 반일 감정을 표현하는 중국이니, 자신들이 천황가를 손에 넣을 수 있다고 하자 신이 나서 너도나도 지원해 주기 시작했던 것.

"단순히 반일을 넘어서 일본을 손아귀에 넣을 수 있는 단체의 등장. 나중에 공산당과의 관계가 어떻게 될지는 모르지만, 현 상황에서는 중국 정부 입장에서도 쓸 만한 패거든요."

그러니 세력이 커지는 것을 방조하는 것이다.

"하여간 재미있어."

"진짜 재미있는 건 지금부터입니다. 약은 쳤으니 이제 꿀을 빨아야지요."

"꿀? 무슨 꿀?"

유민택은 고개를 갸웃했다.

자신이 자신들을 방해하는 극우 세력을 손봐 달라고 하기는 했지만 꿀을 빨게 도와 달라고까지 하지는 않았으니까.

"제가 이렇게 복잡하게 한 이유가 뭐라고 생각하십니까?"

"응? 글쎄."

"바로 중국과 일본을 이간질하기 위해서입니다."

"뭐?"

노형진의 말에 유민택은 눈을 찌푸렸다.

그건 전혀 예상하지 못한 부분이니까.

"그들을 이간질하는 이유가 뭔데?"

"중국과 일본의 시장을 한국이 먹을 수 있는 기회죠."

"뭐?"

유민택은 갑자기 호기심이 동했다.

당장 그 사실을 아는 것은 노형진밖에 없다.

그러니 그와 관련하여 뭔가 한다면 가장 먼저 움직일 수 있는 것은 대룡이다.

이는 즉, 대룡이 어떻게 움직이느냐에 따라 그 두 시장의 상황이 바뀐다는 의미다.

기업을 운영하는 사람 입장에서는 호기심이 생기지 않을 수가 없는 일이었다.

"지금까지 중국과 일본은 서로 으르렁거리기는 했지만 노골적으로 충돌한 적은 없습니다. 사실 한국은 두 나라 사이에 낀 공동의 적 같은 존재였지요."

중국 입장에서는 미 제국주의의 앞잡이 취급이었다.

반대로 일본 입장에서는 과거에 식민지였던 나라들을 대표해서 기어오르는, 버르장머리없는 노예 출신 취급이었다.

"결국 양쪽 모두에게 두들겨 맞는 불쌍한 신세가 대한민국입니다."

일본 시사 프로그램의 40% 이상이 한국 이야기다.

그만큼 일본은 한국을 정치적으로 이용해 왔다.

"하지만 그들은 중국은 그렇게 건들지 않았습니다."

한국과 다르게 중국은 일본에 위협적이기 때문이다.

군사학적으로도 그렇고 경제적으로도 그렇다.

과거에 둘이 대립할 때 중국이 희귀한 희토류의 수출을 막으려고 하자 일본은 꼬리를 말았다.

그럴 수밖에 없는 게 일본 경제를 책임지는 반도체 제작에는 희토류가 절대적으로 필요했으니까.

"하지만 이제 양쪽에 훌륭한 샌드백이 생겼지요."

일본인들이 보기에 중국은 천황의 자리를 노리는 천인공노할 세력이다.

당연히 반중 감정이 돌 수밖에 없다.

그리고 그 반중 감정을 이용해서 중국은 반일 감정을 고조시킬 수 있다.

반일 감정이 터지면 중국인들은 극단적인 성향을 가감 없이 드러낸다.

당연히 그걸 본 일본인들의 반중 감정도 더 악화될 테고.

"우리가 만든 세력이 그렇게 할 겁니다."

새로이 뭉친 천황 세력이 계속 저스틴과 일왕가를 밀어 줄 테니까.

"당연히 양쪽 다 상대방 국가의 물건에 대한 불매운동이 일어나겠지요?"

노형진의 말에 유민택은 얼굴이 딱딱하게 굳었다.

"그러면 그 자리는?"

"우리나라가 차지할 수 있지요."

그리고 그 이익은 상상을 초월할 것이다.

안 그래도 사사건건 대립하는 중국과 일본이다.

그들의 사이가 멀어질수록 유리해지는 것은 한국이다.

일본 입장에서는 중국을 견제하기 위해서는 한국과 가까워져야 하니까.

"환장하겠군."

유민택은 자신도 모르게 머리를 부여잡았다.

자신의 간단한 부탁이 생각지도 못하게 일본과 중국 그리고 한국의 경제 지도를 뒤흔드는 꼴이 되었으니까.

물론 나쁜 건 아니다. 이건 분명 기회다.

다른 기업들이 멍하니 이게 뭔 황당한 사건이냐고 생각하고 있을 때 대룡은 수출 준비를 하고 있다가 바로 빈 곳에 가서 깃발만 박아 버리면 된다.

그 후에 다른 기업들이 따라 들어오기야 하겠지만, 선점 효과라는 것은 괜히 생긴 말이 아니다.

"하지만 저스틴이 우리 말대로 할까?"

"할 겁니다. 할 수밖에 없습니다."

"그걸 어떻게 아나?"

"그는 이미 꿀을 먹으며 자랐으니까요. 그는 온실 속 화초입니다."

그는 필리핀에서 일본의 지원을 받아 가면서 풍족한 삶을 살아왔다.

하지만 이제는 그걸 잃어버렸다.

그가 과연 작은 집에서 궁핍한 삶을 버틸 수 있을까?

그건 불가능하다.

"하지만 일왕가를 집어삼키려고 하는 사람들은 그를 황태자로 대우해 줄 겁니다."

물론 그건 어디까지나 본인 스스로 사실은 일왕가의 핏줄이 아니라고 인정하기 전이나 일왕가에서 유전자 검사를 해서 그가 타이토의 친자가 아니라는 결과가 나왔을 때까지뿐이다.

"하지만 저스틴은 자신이 핏줄이 아니라고 인정할 생각이 전혀 없죠. 그랬다가는 지원이 끊어지니까."

반대로 일왕가도 결코 유전자 검사에 굴할 수가 없다.

일왕가가 중국의 일개 법원의 명령에 굴복한다는 것, 그건 일본보다 중국이 더 위에 있다는 걸 인정하는 꼴이니까.

"결국 이 싸움은 영원히 갈 겁니다."

그리고 노형진은 씩 웃었다.

"극우 세력은 그러면 선택지가 하나밖에 안 남지요."

만일 타이토가 천황이 되면 이 문제는 그의 치세 내내 이어질 것이다.

당연히 그의 아들이 천황 자리를 물려받을 때도 말이다.

"하지만 요히토가 권력을 잡으면 이야기가 달라지지요."

그가 권력을 잡은 후에 그는 이 의혹에 관해 조사를 명할 수도 있다.

설사 아니라고 하더라도, 자신의 딸 아이사코에게 후계를 넘겨서 최초의 여성 일왕이 탄생할 수도 있는 노릇이다.

실제로 일본의 일반인의 84%는 여성 일왕을 찬성하고 있다.

그만큼 타이토와 그의 집안에 의혹이 많은 것이다.

"더군다나 요히토는 신동하와 친밀하죠."

좀 더 국민들에게 가까이 갈 수 있다.

"결과적으로 요히토는 자기가 스스로 움직인다고 생각하겠지만 우리 손아귀에서 움직이게 될 겁니다."

그를 지지하는 극우 세력은 자신들이 통제하는 셈이니까.

"그가 만일 돌변한다고 해도, 그때는 충언이라는 말로 묶어 둘 수 있지요. 지금까지 일본 정치인들이 일왕에게 그랬던 것처럼요."

물론 그렇게 되기까지는 아주 오랜 시간이 걸릴 것이다.

하지만 그 시간이 지나면 일본은 아주 많은 변화를 감당해야 할 것이다.

"자네는……."

유민택은 왠지 노형진을 보면서 소름이 돋았다.

"세상을 모두 적으로 돌려도 살아남을 것 같은 사람이군."

노형진은 쓰게 웃으며 답했다.

"이미 한 번 살아남았습니다, 후후후."

잃어버린 세월

"고작 2천만 원이라. 좀 심하군요."

노형진은 사건 기록을 뒤적거리면서 말했다.

눈앞에 있는 반백의 노인은 힘겨운 듯 대답했다.

"사과를 받지도 못했습니다. 누군가에게 보상도 받지 못했고요. 그런데 재판부에서는 이딴 걸 판결이라고 내놨습니다. 나는 억울해서 못 삽니다. 그들 때문에 제 집안이 끝장났어요! 그런데, 그런데……"

"아빠, 진정해요. 심장에 무리 가요."

옆에 있던 여자가 흥분하는 노인을 다급하게 말렸다.

그러자 노인은 심호흡을 하면서 진정하려고 노력했다.

"사건 기록을 보시면 아시겠지만……."

"네, 이미 한번 봤습니다. 그런데 이건 이미 사법부에서 정하고 오더가 떨어진 사건입니다."

"네? 그게 무슨 말씀이세요?"

"돈 주기 싫다는 거죠."

눈앞에 있는 남자는 누명을 쓰고 감옥에서 28년을 살다가 출소했다.

그사이에 아내는 죽고 집안은 망했다.

가족들은 뿔뿔이 흩어져, 하나뿐인 아들은 사고로 죽고 남은 딸 하나는 정부의 보조금을 받아야 살 수 있는 차상위 계층이 되어 버렸다.

정상적인 가정에서는 벌어지지 않았을 일이다.

하지만 그가 감옥에 감으로써 집안 자체가 망한 것이다.

"사건 자체는 문제가 안 되지만."

노형진은 곤혹스러운 듯 말했다.

사건 자체는 간단했다.

보통은 누명을 쓴 사건을 해결하는 것이 노형진의 책임이지만 이 사건의 경우는 이미 누명을 쓴 것이 드러났기 때문에 그 부분은 문제가 되지 않았다.

28년 만에 진범이 잡힌 것이다.

그리고 그는 풀려났다.

"미국 같으면 몇백억 단위 소송이 될 겁니다."

풀려났다고 끝이 아니다.

그는 무려 28년이라는 시간을 날렸다. 집안도 망했고 전 재산도 날렸다.

당연히 정부에 손해배상을 청구해야 했다.

물론 했다.

"그 결과가 고작 2천만 원이라. 허허, 거참."

노형진은 혀를 끌끌 찼다.

온갖 핑계를 다 대기는 했지만 이 판결문의 결정은 단호했다.

돈 못 준다는 것이다.

"무려 28년입니다! 28년……! 난…… 그 때문에 인생이 망가졌는데……."

"멍청한 재판부의 한계죠."

사건 기록에 따르면 범죄를 자백했기에 그 처벌을 받은 데 대한 책임은 스스로에게 있어서 배상금이 고작 2천만 원이란다.

"저는 자백한 적이 없습니다! 그 경찰이라는 새끼들이 나한테 어떻게 했는데!"

그의 증언에 따르면 경찰은 그를 범인으로 만들기 위해 매일같이 안 재우고 두들겨 패고 심지어 욕조에 물을 담고 그의 머리를 처박았다.

전형적인 고문이었다.

"우리 애들…… 우리 애들 때문에 어떻게든 버텼습니다."

그런 고문 속에서도 그는 가족을 생각하며 버텼다.

그러자 그들은 작전을 바꿨다. 서류를 조작한 것이다.

고문까지 하는 놈들이 진술서를 조작하는 거야 일도 아니었다.

그 과정에서 변호사의 조력은 받지도 못했다.

"재판정에서도 난 억울하다고…… 그렇게 울었습니다, 흑흑흑……. 그렇게 울었는데……."

자신이 쓴 게 아니다. 자신은 고문당했다.

그렇게 그는 재판정에서 주장했다.

하지만 그에게 돌아온 것은 정당하고 올바른 재판이 아니었다. 도리어 그를 돕기 위해 증언했던 사람들은 위증죄로 감옥에 가야 했다.

"변호사도 저를 도와주지 않았습니다."

그 모든 것에 항의하고 싸워 줘야 하는 변호사가 한 말은 '선처를 부탁드립니다.'라는 단 한마디뿐이었다.

그 결과 나온 처벌은 사형.

그렇게 28년을 살았다.

만일 실질적 사형 폐지국이 아니었다면 그는 이미 오래전에 형장의 이슬로 사라졌을 것이다.

"아빠, 진정해요."

딸은 우는 아버지를 안아 주면서 진정시켰다.

"후우."

노형진은 머리를 긁적거렸다.

억울하다 못해서 당장 미쳐도 하등 이상할 게 없는 상황이다.

"증거도 없고 증인도 없고."

노형진은 눈을 찌푸렸다.

이런 사건은 사실 흔하지는 않지만, 대부분 정부의 오더를 받아서 진행된다. 사람들은 믿지 않겠지만 말이다.

그래서 외국과 다르게 한국에서 억울한 죄목으로 감옥에 간다고 해도 그 보상은 거의 전무하다고 봐도 무방하다.

"설마 그렇게까지 한다고요?"

"실제로 그렇게 합니다. 그래서 단 한 푼도 못 받은 분도 계시고요."

이런 사건이 터지면 일단 위에서는 예산을 아끼라는 오더가 떨어진다. 그리고 그때부터는 온갖 조작질이 들어간다.

판사에게도 오더가 떨어지고, 심지어 경찰 차원에서도 증거가 은폐된다.

결국 대부분의 사람들은 정상적인 배상을 받지 못한다.

"일단 이 사건은 제가 해결하도록 하지요."

노형진은 눈을 찌푸리며 말했다.

"어디 정부에서 어디까지 은폐하는지 두고 보지요."

⚖

"정범수 사건이군."

노형진은 이 사건에 대해 알 만한 사람을 찾아갔다.

다름 아닌 송정한이었다.

그는 그 당시에 판사로 활동하고 있었으니까.

"기억하십니까?"

"기억하지. 나라가 발칵 뒤집어졌던 사건이니까."

"그래요? 그 정도로 큰 사건이었습니까?"

21세기는 인터넷의 시대다.

그래서 오히려 그 이전 일에 대한 정보를 찾는 것은 쉬운 게 아니었다.

누군가 그 시절 뉴스를 올려 줘야 찾을 수 있으니까.

"아주 큰 사건이었지. 대통령이 극대로했다고 연신 뉴스에 나왔던 사건이니까."

"극대로해요?"

"뭐, 정치적인 거였지. 상황이 안 좋으니까 국민들의 시선을 돌리려고 하는."

송정한은 입맛을 다시면서 자료를 내려놨다.

"자네도 대충 알겠지만 미성년자 쌍둥이 둘이 동시에 강간 살해당했네. 나이가…… 여섯 살이었지. 더군다나 그게 한 번도 아니고, 두 번 터졌어. 그러니까 총 네 명의 피해자가 발생한 거지."

송정한은 소파에 기대앉아서 조용히 기억을 더듬었다.

오래된 일이지만 워낙 큰 사건이었기에 기억하고 있었다.

"그런데 두 번째 피해자들의 큰아버지가 그 당시 경찰청의 고위 간부였어."

당연히 그는 길길이 날뛰면서 있는 인맥 없는 인맥 다 동원했다.

"그러다가 마침 국민들의 시선을 돌릴 필요가 있었던 대통령에게 소식이 들어갔고 말이야."

그다음은 뻔하다.

그 사건을 집중적으로 전하면서 각하께서 극대로 운운한 것이다.

범죄자를 족치라는 것만큼 지배자의 정당성과 정의로움을 포장할 수 있는 방법은 많지 않으니까.

"상황은 대충 알겠네요."

그렇게 사건을 키워서 띄우는 건 좋다.

정치적으로도 나쁘지 않다.

문제는 모든 것에 작용과 반작용이 있다는 것이다.

"그 사건을 해결하기 위해 대한민국 경찰이 총동원되었지. 하지만 범인을 잡지 못했어."

사건이 커진 경우 빨리 범인을 잡지 못하면 오히려 반작용으로 지지율은 폭락한다.

"그리고 대통령이 진짜 화났지. 지지율이 폭락했으니까."

당연하게도 그가 감추고자 했던 사건도 다시 고개를 들고 말이다.

"그래서 경찰에 시간을 줬지. 열흘이라는 시간을."

두 달을 수사했지만 범인의 그림자도 못 밟았는데 열흘 내에 범인을 잡을 수 있을 리 없다.

"그때 나온 게 바로 정범수야."

정범수. 노형진을 찾아온 노인.

그때는 41세의 장년이었지만 이제는 늙어서 거동도 힘들 지경이다.

물론 정상적으로 늙었다면 그 지경까지 되지는 않았겠지만, 극심한 고문과 오랜 수감 생활은 그를 20년은 더 늙게 하기에 충분했다.

"그런데 그 사건의 진범이 잡힌 줄은 몰랐는데."

"이 정도 심각한 사건을 경찰이 그냥 두었겠습니까? 어떻게 해서든 덮으려고 했겠지요."

"그건 그렇지."

고개를 끄덕거리는 송정한.

"어떻게 잡혔다고 하던가? 상황을 보아하니 경찰이나 검찰이 조사해서 잡았을 가능성은 제로인 것 같고."

"소설가가 잡았다고 하더군요."

"소설가?"

황당한 말에 송정한은 고개를 갸웃했다.

이해가 가지 않았으니까.

"소설가가 무슨 권한이 있다고?"

"소설가 한 명이 해당 사건을 취재했다고 합니다."

그는 과거의 사건을 새롭게 재구성해서 영화 시나리오를 써 볼까 하고 움직였단다.

열흘이라는 제한된 시간. 그 안의 급박함을 제대로 쓰면 뭔가 나올 것 같아서 말이다.

"그런데 취재하다 보니 이상한 것투성이였던 거죠."

그는 처음에는 재미로 시작했다가 현실을 알고는 본격적으로 사건을 파기 시작했다.

그리고 그 와중에 진범을 잡은 것이다.

"증거도 없이?"

"그게 말이죠, 이번 사건이 우리한테 온 이유가 있습니다."

"응?"

"프로파일링 팀이 있지 않습니까?"

"프로파일링 팀? 아하! 무슨 뜻인지 알겠네."

기본적으로 모든 프로파일링 팀은 국가에서 운영한다.

하지만 오로지 새론만이 사설 프로파일링 팀을 운영하고 다른 로펌 등지에서 의뢰를 받아서 사건을 분석해 준다.

"유전적 증거는 없지만 정황적 증거가 있었던 거죠."

프로파일링 팀은 남아 있는 그 사건의 기록을 가지고 범죄자를 프로파일 했다.

유감스럽게도 대부분의 특징이 정범수와 비슷했다.

정확히는 그 당시 40대 남성 대부분의 특징과 일치했다고 할 수 있겠다.

"하지만 아동 성범죄자이다 보니 결정적으로 다른 게 있었던 거죠."

아동 성범죄자.

거기에다 쌍둥이만 노리는 이상한 성향.

그 분석에 따르면 가해자는 아이들에게 친밀한 직업을 가지고 있을 거라고 판단되었다.

"하지만 정범수 씨는 전혀 그런 스타일이 아니었죠."

정범수는 철강업에 종사했다.

아이들과 친밀하기는커녕, 워낙 위험해서 접근도 못 하게 하는 직업이다.

"그래서 그 당시 기록을 다시 확인해 봤답니다."

그 당시는 성인 남성이라면 사회적으로 돈을 벌어야 하고 남성적인 분위기를 강조하던 시기였기 때문에, 아이들과 연관된 대부분의 직업은 선생님을 제외하고는 거의 여성이 차지하는 것이 보통이었다.

"그런데 그 지역에 있던 유치원 중 한 곳이, 원장이 남자였던 거죠."

조건도 정범수와 비슷하고 나이도 비슷하다.

더군다나 아이들과 밀접한 관계를 가지고 있었다.

"피해자가 다닌 곳인가?"

"그건 아니랍니다."

비록 아동 성도착증 때문에 유치원을 운영했다지만 직접 관리하는 곳에서 사고가 터지면 본인은 걸리지 않는다고 해도 유치원은 망할 수밖에 없다.

"그런데 공교롭게도 그 지역에 유치원이 세 곳이었던 거죠."

지금처럼 유치원이 많지 않던 시기.

그래서 아이들이 몰려다니며 노는 게 자연스러웠던 시기.

"사고가 난 게 나머지 두 곳이었습니다."

"대박이 났겠군."

양쪽에서 사고가 났으니 부모들은 기겁을 하면서 그 범인의 유치원으로 몰려들 수밖에 없었다.

"그래서 용의 선상에서 빠졌습니다. 아예 관련이 없으니까요."

하지만 그가 의심스럽다고 생각한 소설가는 위험한 행동을 한다.

두 개의 핸드폰을 가지고, 하나는 원장이 보는 앞에 두고 나머지 하나는 감춰 둔 것.

노형진이 했던 것처럼 켜진 핸드폰은 품에 두고 다른 사람과 연결을 한 상황에서 증거가 있다고 몰아붙이자, 원장은 다짜고짜 죽이려고 달려들었단다.

"그리고 바깥에 있던 사람이 그걸 경찰에 신고한 거죠."

"그랬군."

결국 잡혀 버린 범인은 사실을 인정할 수밖에 없었다.

"웃기는군. 경찰도 해결 못한 사건을 소설가가 해결하는 판국이라니."

"뭐, 우리나라 경찰이 언제 제대로 수사하는 꼴 보셨습니까?"

노형진은 어깨를 으쓱했다.

"어찌 되었건 사건이 그렇게 해결되기는 했는데, 배상금이 문제가 된 겁니다. 정부는 정범수 씨가 스스로 진술한 거니까 배상금을 지급할 필요가 없다는 입장입니다."

"글씨체는?"

"20년이 지나는 사이 바뀐 거라고 주장했답니다. 그게 받아들여졌고요."

"흠…… 진술 조서는 그렇게 꾸몄을 테고. 거기에 지장은 강제로 찍었겠군."

노형진은 고개를 끄덕거렸다.

"경찰 대여섯 명이 달라붙어서 강제로 지장을 찍어 갔다고 하더군요."

아무리 정범수가 저항한다고 해도 어찌 되었건 경찰은 사람을 제압하는 훈련이 되어 있는 이들이다.

그런 그들이 우르르 달려들어서 찍어 누르는데 며칠간의 고문으로 만신창이가 된 사람이 저항할 수 있을 리가 없다.

"하지만 이해가 안 가는 게 있습니다."

"어떤 거 말인가?"

"이 사건에서 피해자의 큰아버지라는 인간이 경찰의 간부

였다고 하셨잖습니까? 강압 수사로 만들어진 가짜 범인이라
는 걸 그도 모르지는 않았을 텐데요."

송정한은 어쩔 수 없다는 듯 고개를 흔들었다.

"그 당시에는 대통령이 기침하면 실종자가 수십 명씩 생기
던 시절이야."

그자가 진범이 아니라고 싸워 봐야 자신에게 돌아올 것은
불이익뿐이다.

그냥 눈감고 조용히 있으면 그 대가로 돌아오는 것은 영전
이고 말이다.

"조카들은 죽었지만 자기는 살아남았지."

죽은 조카들은 결코 돌아올 수 없지만 자신의 미래는 남아
있다.

"영전을 조건으로 입을 다문 거군요."

"그 시절에는 흔한 일이었네. 범인을 만들고 그 사건을 무
마하고 영전하는 거지."

그렇게 사건은 끝났다.

그게 벌써 28년 전.

"이런 사건이 제일 골치 아픈 법이야. 과거사 아닌가?"

기록도 없고 증거도 없다.

경찰에게 불리한 증거는 이미 싹 사라지고 유리한 증거만
남아 있을 것이다.

"법적으로 아예 뒤집을 수 있는 구멍이 없다면 모를까, 아

직 시효가 지나지 않았으니까요."

문제는 증거다. 저쪽에서 내놓은 증거는 모조리 이쪽에 불리한 것들이다.

"유리한 증거들을 감춰 놨을지도 모른다는 희망은 헛된 거겠죠?"

"경찰이? 그 새끼들은 누구보다 범죄에 대해 잘 아는 놈들이야."

혹시나 하는 마음에 증거를 감춰 놨다가 좆 되어 버리는 걸 숱하게 보는 놈들이다.

그러니 그런 건 이미 소각 처리했을 가능성이 높다. 아니, 100%다.

"증언은 의미가 없을 테고요."

그 당시에 위증으로 처벌받은 기록까지 있으니 그게 지금에 와서 받아들여질 가능성은 없다.

"고문한 경찰은 찾았나?"

"네. 하지만 그놈들이 그걸 인정할 리 없죠."

그럴 놈들이라면 애초에 고문을 하지도 않았을 것이다.

"거기에다 그놈들은 이미 한자리씩 차지하고 있습니다. 대부분 서장이나 부서장 노릇을 하고 있더군요. 일부는 퇴직했습니다만."

어찌 되었건 그들이 고문을 했다고 인정할 가능성은 제로다.

"그러면 어쩔 생각인가? 2심에 들어간다고 해도 결국 똑같은 결과일 텐데."

노형진은 고개를 끄덕거렸다.

똑같이 손해배상을 청구하면 분명 진다.

"정범수 씨 말로는 그 경찰들이 고문에 익숙한 듯했다더군요."

"그럴 테지."

처음 해 보는 사람이 고문에 익숙할 리 없다.

처음 하는 사람은 상대방이 고통 받는 것을 보면서 몸서리치며 자신도 고통스러워한다.

그래서 고문하는 놈을 미친놈이라고 하는 것이다.

"고문 가해자들에 대한 손해배상을 개별적으로 청구하려고?"

"아니요. 그건 아닙니다. 정부 대상 싸움도 증거가 없어서 못 하는 걸, 가해자들에게 청구한다고 해서 이기겠습니까?"

"그러면?"

"그들의 기록을 뒤져 볼 생각입니다."

"그게 무슨 말인가?"

"제 버릇 개 못 준다는 말이 있지요."

그들은 여전히 경찰이고, 승진을 해서 높은 자리에 올라갔다.

그 자리까지 가면서 수많은 범죄자들을 만났을 것이다.

"그리고 그런 인간들이, 정권이 바뀌었다고 갑자기 민주 경찰이 되었을 것 같지는 않네요."

노형진은 피식 웃으며 말했다.

노형진은 그 당시 정범수를 고문한 경찰들의 사건 기록을 열람해서 그들이 처리했던 사건의 당사자들을 만날 수 있었다.

　　"숱하게 맞았지요."

　　아니나 다를까, 그들의 입에서 나온 건 하나같이 고문에 대한 증언이었다.

　　'빙고.'

　　경찰은 절대로 고문은 없었다고 했다.

　　하지만 피해자는 분명 증언하고 있었다.

　　"통닭이라고 아십니까?"

　　"통닭요?"

　　"네. 손과 발을 거꾸로 묶어서 봉에 매달아 두는 겁니다. 그렇게 30분만 있으면 관절이 작살나지요."

　　무게 때문에 결국 관절이 박살 난다는 것이다.

　　"그놈 때문에 전 병신이 되었습니다."

　　남자는 힘겹게 손을 들어 올리며 말했다.

　　"제 인생에서 사라진 3년보다 그게 더 큰 문제입니다."

　　"혹시 그 건에 관련해서 재판에서 증언이 가능하실까요?"

　　"원하신다면요."

　　"그리고 손해배상을 청구할까 하는데, 저희에게 일임해 주실 수 있겠습니까?"

"손해배상요?"

"네. 그들에게 요구해서 배상이라도 받아야지요."

"그거야 그렇지만······."

남자는 잠깐 고민하다가 고개를 끄덕거렸다.

"만일 하게 된다면 맡기겠습니다. 하지만 돈이······."

"걱정하지 마세요. 저희 새론은 후불도 받습니다. 그러니 부담 없이 소송에 참여하시면 됩니다."

노형진의 말에 남자는 고개를 끄덕거렸고, 노형진은 잘 부탁한다는 말을 하고 그와 헤어졌다.

그런 피해자만 무려 서른 명이 넘었다.

"숫자로 밀어붙이시려고요?"

이번 사건을 돕게 된 무태식은 고개를 갸웃하며 물었다.

"힘들 텐데요. 일단 죄다 그들에게 처벌받은 사람들 아닙니까? 분명 검찰에서는 그 부분을 지적할 겁니다."

그리고 증인들이 자신들을 처벌한 것에 대한 보복으로 위증을 하는 거라고 주장할 것이다.

"아마도 그럴 겁니다. 그리고 당연히 재판부는 그걸 받아들이겠지요."

무태식의 걱정이 뭔지 알기에 노형진은 고개를 끄덕거렸다. 그의 말이 사실이니까.

"아마도 저들의 증언은 인정되지 않을 겁니다."

"그런데 왜 그 사람들을 일일이 만나고 다니는 겁니까? 물론 숫자로 몰려가면 바뀔 수도 있겠지만."

숫자가 많아지면 재판부도 모조리 부정하기는 힘들어질 것이다.

"더군다나 이번 사건은 아무래도 언론이 도와주지 않을 것 같은데요."

"뭐, 벌써 오프더레코드가 떨어졌을 겁니다."

정범수와 그 가족들이 언론에 제보하지 않은 것이 아니다.

하지만 어떤 언론도, 심지어 현 정권과 사이가 나쁜 언론도 그걸 전하지 않고 있다.

국가 차원에서 철저하게 통제하고 있다는 의미다.

"하지만 당사자의 증언이라면 어떨까요?"

"네?"

무태식은 깜짝 놀랐다. 당사자의 증언이라니?

"설마 그때 그 경찰들이 자신의 죄를 인정하겠습니까?"

"그냥은 안 하겠죠."

"그런데 어떻게요? 그들을 불러온다고 해도 증언은 뻔한데."

노형진은 피식 웃으면서 뒤쪽을 고갯짓했다.

"저거 보이십니까?"

"경찰 아닙니까?"

무태식도 경험이 많은 사람이다.

아무리 사복 경찰이라고 하지만 그들이 가는 곳마다 따라다니면서 감시하는 사람들을 모를 수는 없다.

"우리가 뭘 하는지 감시하려고 온 거죠."

"그거야 알지요."

"그리고 그들은 우리가 누구를 만나는지도 압니다."

"그래서요?"

"만일, 아주 만일에 말입니다, 저 피해자들이 가해자의 주소와 가족들에 대해 알게 된다면 무슨 생각이 들까요?"

"네?"

노형진의 말에 무태식은 어리둥절한 표정이 되었다.

이해가 가지 않았으니까.

"증인에게 그런 걸 알려 주는 건 불법 아닌가요?"

"불법이지요."

노형진은 능글거리는 웃음으로 뒤따라오는 경찰들을 바라보았다.

미행 당사자가 갑작스럽게 돌아보자 경찰들은 헛기침을 하면서 시선을 돌렸다.

서로 다 안다고 생각해서 그런지 아예 숨으려고도 하지 않는 경찰들.

"분명 보복을 위해서 알려 주는 건 불법입니다. 하지만 민사소송을 할 때는 소장에 그러한 정보가 들어가야 하지요. 당연히 그건 불법이 아니고요."

"민사소송요? 손해배상 기간은 끝났는데요."

무태식은 고개를 갸웃했다.

벌써 수십 년 전 사건이다.

아무리 고문 경찰들이 깡다구가 좋다고 해도 정권이 바뀌고 고문 경찰이 줄줄이 처벌받는데 지금까지도 고문하는 놈은 없을 것이다.

"상관없지요. 어차피 기각된다고 해도 말이죠."

노형진은 어깨를 으쓱하며 말했다.

"어찌 되었건 기각된다고 해도 그건 행정절차상의 문제일 뿐이지, 불법이라서 그렇게 된 게 아니거든요."

"그래서요?"

"중요한 건 재판의 결과가 아니라 소장입니다. 소장에는 고소인의 주소와 피고소인의 주소가 들어갑니다."

또한 고소인은 언제든 자신의 소송 서류를 열람할 수 있다.

"설마?"

무태식의 얼굴이 딱딱하게 굳었다.

그러고는 자신도 모르게 목소리를 낮췄다.

"그건 협박 아닙니까?"

"무슨 말씀을요. 협박이라니요? 우리는 정당하게 소송하는 겁니다, 소송."

물론 진짜 돈을 받는 소송이라면 문제가 안 된다.

하지만 상대방은 고문 경찰이다.

그에 대해 피해자가 알게 되면 어떤 일이 벌어질까?

쫓아가서 욕하는 것은 기본일 것이다.

실제로 노형진이 만난 수많은 피해자들은 해당 경찰들이 눈앞에 있으면 당장이라도 때려죽일 것같이 표현했다.

일부는 그들 때문에 더 이상 추락할 수 없을 정도로 추락해서 삶의 의미를 잃었을 정도였다.

"그들이 극단적인 선택을 한다고 해도 그건 우리 책임이 아니지요."

가령 그들의 집에 가서 일가족을 참살한다고 한들, 새론에서 소송을 건 행위는 불법이 아니다.

"헐."

무태식은 혀를 내둘렀다.

이건 분명 불법은 아니다.

하지만 고문을 한 고문 경찰에게는 두려운 일일 것이 분명했다.

그 자신만 죽는 게 아니라 그의 가족, 자식들까지 모조리 죽을 수도 있는 상황이 되어 버렸으니까.

"그걸 막으려면 알아서 해야지요."

그들에게 최소한의 배상이라도 하면서 사과하지 않으면 말 그대로 무슨 일이 벌어질지는 알 수 없다.

"이거 참……."

무태식은 자신도 모르게 입맛을 다셨다.

저쪽이 어떤 말도 하지 않을 거라 생각했다.

그런데 노형진은 기어코 입을 열 수 있는 방법을 찾아낸 것이다.

그것도 아주 합법적인 방법으로 말이다.

"자, 과연 이 소식을 들은 우리 고문 경찰들이 무슨 말을 할지 두고 보자고요, 후후후."

노형진은 고문을 했던 사람들에게 일괄적으로 내용증명을 보냈다.

당연하게도 고문 경찰들은 기겁을 하면서 펄펄 뛰었다.

"아니, 이게 무슨 소리야! 고문이라니!"

그렇게 펄펄 날뛰면서도 두려움에 다급하게 모였다.

스스로를 속일 수는 없었기에, 급속도로 공포감에 젖어들기 시작했기 때문이다.

당연히 그렇게 모인 사람들은 지금의 상황에 대해 성토할 수밖에 없었다.

"이게 말이나 됩니까? 고문이라니요!"

"아니, 우리가 언제 고문을 했다는 겁니까?"

그들은 고문에 대해 절대 아니라고 부정을 했다.

그러자 남자 한 명이 진중한 목소리로 말했다.

"엄밀하게 말하면 고문을 하지 않은 게 아니라 한 걸 입증할 수 있는 방법이 없는 거지요."

"어허, 문 형사!"

"아니, 우리끼리 모였으니 툭 까고 말해 봅시다. 여기에서 연락받은 우리들, 다 과거에 한가락 하던 사람들 아닙니까?"

"그거야……."

정부의 오더를 받아서 사건을 조작한 경찰들. 그들은 여전히 내부에 있었다.

고문 경찰로 유명한 이근안. 물론 그의 인생은 비틀리고 망해 버렸다.

하지만 속된 말로 그가 희생양이 되었을 뿐, 대부분의 고문 경찰은 충성을 대가로 승승장구했다.

그런데 이제 와서 상황이 바뀌니 그들은 저절로 두려움이 생겼다.

"이 내용증명대로라면 우리한테 소송을 걸겠다는 건데."

경찰이기에 안다. 고문을 당한 개개인들이 보복을 위해 담당 경찰을 찾는 것이 쉬운 일이 아니라는 것을 말이다.

일단 고문을 할 때 본인의 이름이나 비밀을 알려 주는 멍청한 사람도 없거니와, 경찰도 보복의 문제 때문에 담당 경찰의 개인 정보를 주지 않는다.

"하지만 그건 어디까지나 소송에 들어가지 않았을 때의 이야기입니다."

정식으로 민사소송이 들어가는 경우 새론은 법원을 통해 해당 사건의 수사 기록을 열람할 수 있고 그 기록을 기반으로 고문 경찰을 특정할 수 있으며 그에 대한 사실 조회를 통해 그의 이름과 주민등록번호, 전화번호, 주소까지 싸그리 알아낼 수 있다.

"그리고 당사자는 언제든 자신이 제출한 서류의 열람 복사를 신청할 수 있고요."

그건 대리인인 새론이 제출한 서류에 대해서도 마찬가지.

즉, 지금까지 철저하게 감춰져 있었던 자신들의 신분이 드러난다는 의미인데, 그렇게 되면 자신들에게 보복할 사람이 한두 명이 아닐 거라는 게 문제다.

"우리가 병신으로 만든 게 어디 한두 명입니까?"

"어허! 우리가 언제!"

"아니, 지금 우리가 서로 탓하자고 모인 겁니까? 툭 까고 말합시다. 여기서 우리가 아니라고 우기면 과거에 한 일이 사라진답니까?"

끝까지 아니라고 잡아떼던 경찰은 다른 경찰의 말에 입을 다물었다.

"우리가 병신 만든 놈들, 죄 뒤집어씌운 놈들, 집안을 박살 낸 놈들. 그 숫자만 족히 백 명은 넘을 겁니다."

그중 한 명만 막장으로 보복하겠다고 덤벼도 이들이 할 수 있는 일은 별로 없다.

개인적으로 경호원을 살 수 있는 것도 아니고 말이다.

"이런 개 같은 경우가……."

지금까지 이런 경우는 없었다.

소송을 한다고 해도 기껏해야 돈이나 달라고 하는 정도가 다였지.

하지만 새론에서 보낸 내용증명은 그런 문제를 아득하게 넘어서고 있었다.

"'소송의 진행으로 인해 발생하는 어떠한 사태에 대해서도 새론은 아무런 책임도 없습니다.'라니."

차라리 '돈이나 내놓아라.'라고 했다면 증거가 없다고 코웃음을 치겠지만, 아무런 책임도 없단다.

법적으로도 틀린 말은 아니다.

새론은 그저 최선을 다해서 의뢰인을 대신해서 싸운 것뿐이다.

"전에 김 서장 사건 기억나죠?"

"김 서장…… 사건."

다들 부르르 떨었다.

김 서장은 고문 경찰 중 한 명이었다.

그는 국가의 지원을 받아서 서장이 되었고, 취임식도 거창하게 하고 언론에도 나가고 했다.

하지만 그게 실수였다.

하필이면 고문당한 피해자가 그 동네에 살았고 그를 알아본 것이다.

이름은 몰라도 얼굴은 아니까.

그 고문당한 피해자는 김 서장에게 소송을 거는 대신에 개인적인 방법을 찾아내기로 했다.

고문 피해자들의 공통점은 공권력을 절대로 믿지 않는다는 것이다.

자신이 고소해 봐야 풀려날 걸 알기에, 그는 개인적인 복수를 감행하기로 마음먹었다.

고문 피해자는 김 서장이 출근한 사이에 그의 집으로 들어가 가족들을 인질로 붙잡았다.

그리고 아무것도 모르고 퇴근한 김 서장을 제압하고 그의 눈앞에서 가족들을 고문했다.

과거에 자신이 당했던 그대로 말이다.

김 서장은 그제야 피눈물을 흘렸지만, 그들이 발견된 것은 이틀 뒤였다. 김 서장이 출근하지 않은 것을 이상하게 여긴 경찰서에서 사람을 보낸 것이다.

가해자는 김 서장의 가족을 고문하고, 김 서장은 손가락과 발가락을 하나씩 자르고 귀와 코를 잘랐다.

그리고 정작 김 서장은 살려 두고 가족을 모조리 죽인 다음 자살했다.

홀로 남은 김 서장은 자신이 저지른 일에 대한 자괴감과 가족이 겪어야 했던 그 고통에, 결국 병원에서 투신자살로 생을 마감했다.

공식적으로 수사가 시작되면 국가 차원에서 이루어진 고

문 역시 드러날 수 있는 사건인지라 쉬쉬하며 덮고 넘어갔지만, 그 당사자들이 모를 수는 없다.

"이거 어떻게 해야 합니까?"

"그 방법을 알면 우리가 이러고 있겠습니까!"

테이블을 탕탕 두들기며 싸우는 사람들.

하지만 그들에게는 별 뾰족한 방법이 없어 보였다.

⚖️

"이건 누가 봐도 상당히 수상한데요."

노형진은 눈앞에 있는 남자들을 보면서 미소 지었다.

새론 정보 팀의 직원들이었는데, 그들의 복장은 한결같았다.

커다란 점퍼를 입고 선글라스를 쓰고 검은색 마스크를 쓰고 거기에다 검은색 모자까지 썼다.

자기 신분을 감추기는 좋을지 모르지만 도리어 '나는 수상한 사람입니다.'라고 말하는 듯한, 너무나 명확하고 뻔한 코디였다.

"수상해 보이라고 이러는 겁니다. 이 사람들이 그 고문 경찰들 주변에서 알짱거릴 거거든요."

노형진이 협박을 한다고 해서 진짜로 살인에 동조하는 것은 아니다.

어찌 되었건 자신의 의뢰인인데 그들을 살인범으로 만들

수는 없지 않은가?

"경찰들에게 정식으로 소송을 건 것도 아니니 지금 의뢰인에게 그들의 주소를 알려 줄 필요는 없지요. 몇몇 의뢰인이 진짜 눈 돌아가서 살인하기 전에 합의를 이끌어 낼 겁니다."

"하지만 이 복장으로요?"

"네, 이 복장으로요."

노형진은 어깨를 으쓱하며 말했다.

"경찰 나리분들이 이 복장으로 어슬렁거리는 거동 수상자를 보면 어떤 생각이 들겠습니까?"

아마 두려움에 반쯤 미칠 것이다.

"경찰이 출동할 수도 있지 않습니까?"

"그건 그렇지요. 하지만 복장에 대한 법률적 제한은 없습니다."

수상하게 여길 수는 있다.

하지만 법에서 정한 복장이 따로 있는 것도 아니니 그걸 문제 삼아 처벌할 수는 없다.

"거기에다 사람이 다르니 공갈 협박이 되지도 않고요."

만일 관련 있는 사람이나 원한을 가진 사람이 그렇게 다니면 협박죄로 처벌할 수 있겠지만, 이들은 아무런 관련이 없는 사람들이다.

아무런 관련도 없는 사람이 좀 수상한 옷차림으로 주변에 있다는 것만으로 처벌하는 것은 불가능하니, 당연히 협박도 성립되지 않는다.

"확실히 고문 경찰 출신들은 똥줄이 타겠네요."

피식 웃는 무태식.

걸리는 게 없는 사람에게는 그냥 괴상하고 수상한 사람일 뿐이지만 걸리는 게 있는 사람이라면 극심한 공포에 떨 수밖에 없는 복장이었다.

"그리고 제가 준비한 게 더 있지요. 짜잔."

노형진이 뭔가를 꺼내 들자 무태식은 깜짝 놀랐다.

"아니, 노 변호사님! 그건 좀 아닌 것 같은데요? 복장이야 그렇다고 하지만……."

노형진의 손에 들린 것은 둘둘 말린 긴 신문지 뭉치였다.

그리고 그 끝에 삐쭉 튀어나온 뭔가는 나무로 된 손잡이였는데, 그 형태로 봐서 사시미라는 것을 알아보는 것은 어렵지 않았다.

"복장이야 그렇지만 칼을 소지하고 그렇게 배회하는 것은 명백하게 처벌 대상이……."

무태식은 말을 끝낼 수가 없었다.

노형진이 슬쩍 당기자 칼이 아닌 플라스틱 쪼가리가 나왔기 때문이다.

그것도 힘도 하나도 없는 연한 플라스틱.

"그건 뭡니까?"

"어때요? 진짜 같죠?"

잃어버린 세월 145

자세하게 보니 삐쭉 튀어나온 나무 부분도 플라스틱이었다.

"얼핏 보면 사시미 같지요?"

"빼박 사시미인데요?"

"네, 그래서 만든 겁니다. 위협을 하려면 제대로 해야지요."

수상한 자가 흉기(?)를 소지하고 배회하는데 처벌은 못 한다.

경찰에 신고를 해 봐야, 위험물을 소지한 것도 아니다.

이 플라스틱 쪼가리로 아무리 찔러 봐야 늙어 죽기를 기다리는 게 더 빠를 테니까.

"위험물이 없으면 협박이 아니죠."

그러나 그가 언제 진짜 살인범으로 바뀔지 모른다.

매일같이 경찰을 보내서 지키려고 할 수도 있겠지만, 전국에 고문 경찰만 족히 백 명은 될 것이다. 그 당시에는 경찰서마다 두어 명씩 고문 전문가가 있었으니까.

그저 그들이 이근안처럼 사디스트냐 아니냐의 차이일 뿐이었다.

"그나마 서장급은 명령으로 경찰을 보낼 수 있지요. 하지만 그 이하의 직급이나 이미 퇴직한 사람들은 방법이 없지요."

결국 그들은 공포에 굴복할 수밖에 없다.

"그 경찰들, 아주 미치겠군요."

"이것도 나름의 정신 고문이지요, 후후후."

노형진은 웃으며 말했다.

"저는 그들이 한 대로, 극히 일부만 돌려줄 뿐입니다."

공포에 굴복해라

고문 경찰들은 매일매일이 살얼음판이었다.

집 근처에 나타나기 시작한 수상한 작자들.

누가 봐도 수상해서 너도나도 주변에서도 신고를 했지만, 이건 도무지 방법이 없었다.

"너냐? 어? 너야? 수상하다고 신고한 게?"

"아니, 그게 아니라……."

"씨발. 너 나 알아? 너 나 아냐고! 알지도 못하면서 뭔 협박이라고 고소질이야, 고소질이!"

"아니, 난 그게, 무기를 가진 줄 알고……."

"무기? 무기? 이거 우리 애 장난감이야! 이게 무기로 보이냐? 어?"

서장실로 들이닥쳐서 지랄 지랄 하는 남자를, 다른 경찰들이 진땀을 흘리면서 진정시켜서 내보냈다.

　그러고는 진지한 표정으로 서장을 바라보았다.

　"서장님, 이렇게는 안 됩니다. 지금 민원이……."

　"민원? 민원? 이 쌍놈의 새끼야! 지금 민원이 중요해!"

　"하지만 감사실에서 감사가 나왔습니다, 서장님."

　수상한 남자가 나타나자 서장은 당연히 스스로를 보호하려고 했다. 휘하 경찰들의 근무시간을 조정해서 자신을 비롯한 가족들을 지키려고 한 것이다.

　문제는 가족들이 성인에 학생인지라 생활 패턴이 다 다른데, 기본적으로 경찰은 2인 1조로 움직이도록 되어 있다는 점이다.

　당연하게도 그 인원이 빠져나가자 수사는커녕 순찰도 못할 지경이었다.

　"이런 씨발."

　서장은 머리를 부여잡았다.

　매일같이 그와 그의 가족들의 주변을 배회하는 수상한 남자들.

　그들 중 진짜가 있는지도 의심스럽긴 하지만, 그렇다고 무시하자니 과거 김 서장 사건이 그의 공포심을 자극하고 있었다.

　"이러다가 잘리면……."

　더 큰 문제는 이게 영원히 갈 수는 없다는 거다.

현 상황에서 계속 인원을 빼서 자기 경호에 쓰는 건 명백한 업무상 배임 행위였고, 감사실에서 그게 지적되면 그는 최소한 직위 해제였다.

그러면 그를 지켜 줄 사람은 아무도 없게 된다.

당장 퇴직한 다른 동료들은 가족 모두가 집에 갇혀서 나오지도 못한다는 소식이 들렸다.

하나뿐인 손녀의 유치원 앞에 칼을 든 남자들이 서성거린다던가?

"으으으."

그는 미칠 것 같았다.

그가 하던 일이 이러한 공포심을 자극하는 것이었다.

고문은 단순히 현장에서 때리고 숨통을 틀어막는 것만이 아니다.

그걸 가지고 상대방의 공포심을 자극해야 한다.

내일도 이 고문이 계속될 거라는 두려움.

영원히 끝나지 않을 것 같은 고통.

그게 고문의 핵심이었다.

"이런 씨발……."

그리고 상대방은 그걸 너무나 잘 아는 인간이었다.

물론 자신처럼 패거나 손톱을 뽑는 인간은 아니었지만, 두려움을 자극하는 데 능숙했다.

사실 고문에서 중요한 건 두려움을 줌과 동시에 아주 작은, 일말의 희망을 줘야 한다는 것이다.

그걸 잡으면 이 모든 고통이 끝난다는 것을 느끼게 말이다.

당연히 그 희망은 자신들이 말하는 대로 죄를 인정하는 것이고.

"염병할!"

경찰서에 홀로 남은 서장은 날아온 내용증명을 구겨서 벽으로 집어 던졌다.

과거사에 대해 합의 의사가 있다면 연락 부탁드립니다.

그에게 주어진 아주 작은 희망.

그걸 잡기만 하면 이 모든 고통이 끝난다는 현실.

그러나 그걸 인정하면 모든 걸 잃어버릴 것 같은 두려움.

"젠장."

서장은 머리를 부여잡았다. 그리고 눈을 질끈 감았다.

정작 피해자들에게 고통을 줄 때는 몰랐다.

하지만 그가 고통을 받는 입장이 되자, 하루하루 피가 말라 가는 그 느낌이 너무 힘겨웠다.

"그래…… 만나 보자……. 만나 보면……."

빌어서라도 그는 상황을 해결하고 싶었다.

그리고 방법은 하나뿐이었다.

"그래서 인정하신다 이건가요?"

"인정한다기보다는……."

노형진은 자리에서 일어났다.

"어디 가십니까?"

"저희가 요구하는 건 과거사에 대한 인정입니다. 그런데 인정하지 않는다고 하신다면? 저희가 드릴 수 있는 게 없지요. 정식 소송으로 넘어가겠습니다."

서장은 얼굴이 핼쑥해졌다.

정식 소송으로 넘어간다는 것은 타협이 결렬되었다는 소리다.

그러면 정식 재판에서 자신은 결국 자신이 고문했던 사람과 대면해야 한다.

그게 그를 어떻게 자극할지는 뻔하게 보인다.

자신은 지금까지처럼 천연덕스럽게 그런 일은 없다고 주장할 테고, 상대방은 그걸 보고 극도로 열 받을 테고.

'재판부는 증거가 없다고 풀어 주겠지.'

그게 지금까지의 과정이었으니까.

그런데 그렇게 되면, 보통 그로 인해 참고 있던 사람들이 폭발하는 경우가 많다.

'젠장…….'

서장은 결국 방법을 바꿔서 읍소하는 수밖에 없었다.

"제발요. 우리도 방법이 없어서 그랬던 거 아닙니까? 우리도 하고 싶어서 한 게 아닙니다. 고문을 하지 않으면 도리어 우리가 빨갱이라고 잡혀가던 시절이었단 말입니다."

"그래서 고문한 게 잘한 행동이라는 겁니까?"

"잘했다는 게 아닙니다. 누군가를 죽이지 않으면 우리가 죽어야 했던 시절이라니까요. 저희라고 그런 미친놈이겠습니까?"

"하지만 그런 것치고는 굉장히 적극적으로 하셨던데요?"

노형진은 저자세로 나오는 남자를 보고 미소 지었다.

애초에 그가 버텨 봐야 이기지 못할 거라는 것은 알고 있었다.

"그게 잘한 행동이라는 게 아닙니다. 다만 그때가 그런 시절이었다는 것뿐입니다. 물론 잘못했지요. 하지만 우리는 시킨 대로 한 것뿐입니다. 그런데 손해배상을 하라고 하시면……."

물론 돈도 아깝다.

하지만 그게 틀어졌을 때 피해자들의 보복이 더 두렵다.

'빙고.'

하지만 노형진은 애초에 그들에게서 돈을 받을 생각이 없었다.

필요한 것은 오로지 증언뿐이었다.

"이해가 안 가는군요."

"물론 이해가 안 가실 수도 있습니다. 하지만 그때는 국가의 명령을 어기면 잡혀가서 쥐도 새도 모르게 죽던 시절이라……."

"아니요. 제가 이해가 안 간다는 건 그런 게 아닙니다. 제가 이해가 안 가는 것은, 왜 손해배상을 본인들이 하려고 하시냐는 겁니다."

"네? 그게 무슨 말씀이신지요?"

"들어 보니 업무 중에 명령으로 어쩔 수 없이 한 것 같은데, 그러면 당연히 정부에서 책임져야 하는 거 아닌가요?"

쥐를 몰아붙일 때도 빠져나갈 구멍은 만들어 두고 몰아붙이라는 말이 있다.

그들 역시 고문을 할 때, 자수하면 죄가 감경된다며 편해질 거라고 회유한다.

사람이 그쪽으로 도망갈 수밖에 없도록 말이다.

'그건 나도 마찬가지지.'

노형진이 이 소송을 하는 것은 이들이 누군가에게 살해당해 단죄가 이루어지기를 원해서가 아니다.

그가 원하는 것은 그들이 저지른 범죄, 아니 국가가 저지른 범죄인 고문이 드러나는 것이다.

"배상을 꼭 본인이 하실 필요는 없는 거죠."

노형진은 어깨를 으쓱했다.

"뭐라고요?"

서장은 정신이 번쩍 들었다. 그리고 머릿속에서 온갖 생각이 들기 시작했다.

'그러네. 생각해 보니 당연한 거 아냐? 내가 원해서 한 것도 아니잖아! 다 정부에서 하라고 해서 한 거잖아! 내가 뭘 잘못했어?'

지극히 당연한 자기 합리화가 이루어지고, 점점 다른 생각이 들었다.

물론 확실하게 알아야겠지만 말이다.

"그 말이 사실인가요?"

"당연한 거 아닙니까? 하기 싫은 걸 강제로 시킨 건 정부입니다. 그런데 왜, 개인적인 범죄도 아니고 정부에서 시켜서 한 일에 대한 책임을 개인이 집니까?"

"으음……."

서장은 눈을 데굴데굴 굴렸다.

그런 서장에게 노형진은 계속해서 당근을 던졌다.

"도리어 그 정도면 서장님이 손해배상을 받아야 하는 거 아닙니까?"

"제가 손해배상을요?"

"그렇잖아요. 고문은 당하는 사람도 고통 받지만 하는 사람도 고통 받습니다. 그러니 당연히 손해배상을 청구해야지요."

"하지만……."

"어차피 서장 자리는 못 지킵니다. 이거 일 터지면 그 자리 지키실 자신 있습니까?"

서장은 입을 다물었다.

수십 년을 경찰로 살아왔다.

당연하게도 뭔 일이 터지면 자신의 목부터 날아가리라는 것을 잘 알고 있다.

"그리고 뭐, 피해자분들도 합당한 보상을 받으면 분노를 누그러트릴 수도 있지요."

"합당한 보상요?"

"원래 지킬 게 없는 사람이 더 극단적인 법입니다."

수십억의 돈을 가진 사람은 오히려 극단적 살인을 저지르지 않는다. 그랬다가는 모든 것을 잃어버리니까.

하지만 단 한 푼도 없고 단 하나도 지킬 게 없는 사람은 어차피 막장이기에 극단적인 선택의 유혹에 쉽게 빠진다.

"잘 생각해 보세요. 누구 말이 맞나요."

서장은 눈을 데굴데굴 굴렸다.

노형진은 그 모습을 보면서 분명 그가 낚일 거라는 생각에 속으로 미소를 지었다.

"위에서 시켰다고 하자고요?"

해당 경찰들의 모임에서 서장이 한 말은 모두에게 큰 반향을 일으켰다.

"그게 무슨 말입니까?"

"아니, 그렇지 않습니까? 우리가 그때 계급이 높았습니까, 아니면 힘이 있었습니까?"

그저 일개 경찰이었고 윗사람들에게 저항할 수가 없었다.

고문하라는 지시가 내려와도 그저 따를 뿐, 이들에게 저항할 수단은 없었다.

"그러니까 우리가 위에다 대고 말하는 겁니다."

"위에다 대고?"

다들 눈을 데굴데굴 굴렸다. 그건 생각해 보지 못한 부분이니까.

"하지만 대놓고 위에서 고문하라고 한 적은 없는데……."

"그게 중요합니까? 어차피 중요한 건 우리 증언 아니었어요?"

애초에 누군가를 고문해서 정보를 뽑아내라거나 죄를 뒤집어씌우라는 명령이 문서로 내려올 일은 없다.

그 당시에는 스마트폰도 없었으니 녹음도 쉽지 않았고 말이다.

결국 증언이 관건이었다.

"우리가 나서서 나라에서 고문하라고 시켰다고 말하는데 자기들이 어쩔 겁니까?"

"그건…… 그런데……."

"그리고 틀린 말은 아니지 않습니까?"

그 당시에 대놓고 고문하라고 하는 사람은 없었다. 그저

'어떻게 해서든'이라는 말이 따라붙었을 뿐이다.

'어떻게 해서든 범인을 잡아라.' 또는 '어떻게 해서든 정보를 찾아내라.'라는 식으로 말이다.

"정범수 사건도 그렇지 않습니까?"

애초에 몇 달간 어떠한 정보도 없었던 사건을 고작 열흘만에 해결해 내는 게 가능할 리가 없다.

당장 유전자도 없었고, 그 당시에 유전자가 있었다고 하더라도 기술의 수준이 떨어져서, 금방 나오는 지금과 다르게 그 검사 기간만 몇 주는 걸렸으니까.

"사실 우리가 다 뒤집어쓰는 거, 억울하지 않습니까?"

처음부터 좋아서 고문을 시작하는 사람은 거의 없다.

하지만 실적이 없으면 그 고문의 대상이 자신이 되기 때문에 어쩔 수 없이 하게 된다.

상부에 중요한 건 실적이지 진실이 아니다.

지금은 좀 덜하지만, 그때는 사람을 개 패듯이 패서 범인을 만들어 내더라도 실적을 채우는 게 우선이었다.

"우리가 다 같이 증언하는 겁니다."

위에서 시켰다는 말. 그것처럼 책임을 벗어나기 쉬운 속삭임은 없다.

거기에다가 다른 말도 들어갔다.

"그리고 정부에서 충분한 보상을 받으면 그 미친놈들이 포기할지도 모르지 않습니까?"

"포기요?"

"그렇지 않습니까? 들고 있는 돈을 다 잃고 감방에 가고 싶은 새끼가 어디 있어요? 세상은 다 돈으로 움직이는 법인데요."

고문 경찰들은 서로를 바라보면서 눈을 데굴데굴 굴렸다.

틀린 말은 아니다.

그들만 하더라도 무슨 거창한 사명감이 있어서 경찰 일이나 고문을 시작한 건 아니지 않은가?

먹고살기 위해 하는 경찰 일이었고 위에서 시켜서 한 고문이었다.

"우리가 돈을 줄 수는 없지 않습니까?"

경찰 노릇 하면서 적지 않은 돈을 받고 또 빼돌렸지만, 이런 사건은 제대로 터지면 수억 단위 배상금이 나온다.

그러니 그들이 그걸 내줄 수는 없는 노릇.

"우리는 시키는 대로 한 것뿐인데요."

"맞습니다."

"우리는 어쩔 수 없이 한 거예요."

그들은 하나둘씩 자기 합리화를 했다.

그리고 그게 바로 노형진이 노리는 부분이었다.

⚖️

"뭐라고요?"

소송을 진행하던 정부 측 변호사는 당황해서 되물었다.

"저희가 고문한 게 사실입니다."

"아니 증인, 지난번에는 고문하지 않았다고 하지 않았습니까?"

정부 측 변호사는 정신을 차릴 수가 없었다.

가장 중요한 증인의 갑작스러운 변심.

"그게…… 어쩔 수 없었습니다. 정부에서 오더가 떨어진 것도 있고…….'

"오더?"

"네. 그렇게 진술하라고…….'

"이런 미친 !"

정부 측 변호사는 자신도 모르게 욕설을 내뱉었다.

"피고 측 변호인, 여긴 신성한 법정입니다. 그런데 욕설이라니요. 재판장님, 피고 측 변호인의 행동은 명백하게 증인에 대한 위협입니다."

"인정합니다. 피고 측 변호인, 욕설은 하지 마세요."

그렇게 말하면서도 판사는 당황스러운 표정이었다.

'그렇겠지.'

거짓 진술을 하라는 오더가 과연 경찰에게만 떨어졌을까?

그럴 리 없다. 진실을 감추고 줄 돈을 최소한으로 주라는 명령이 판사에게도 떨어졌을 것이다.

'하지만 갑자기 정부 오더라는 말이 나오면 상황이 바뀌지.'

정상적인 사람이라면 피고가 국가인 만큼 경찰뿐 아니라 판사에게까지 오더를 내렸을 가능성이 높다고 생각할 테니까.

'그리고 그 말은, 지금부터 판사가 하는 모든 행동이 감시된다는 거지.'

만일 피고 측에 이상하게 유리한 판결을 한다면 노형진은 정부 측의 오더를 문제 삼아서 판사를 교체할 것이다.

그리고 그게 계속된다면 판사들은 자신들의 가장 강력한 공신력을 잃어버릴 수밖에 없다.

"정부에서 오더를 내릴 리가 없는데요?"

피고 측 변호사는 땀을 뻘뻘 흘리며 물었다.

너무나 당황스러웠기 때문이다.

"그걸 어떻게 아십니까, 피고 측 변호인? 마치 정부 측의 오더에 관련해서 뭔가 아시는 것처럼 이야기하시네요?"

"아니, 그게…… 크흠……. 이상입니다."

그는 당황해서 말을 잇지 못하고 다급하게 증인신문을 마쳤다.

뒤를 이어서 단상에 올라간 노형진은 서장을 보면서 씩 웃었다.

'제대로 물었군.'

자신의 이익을 위해 고문을 하는 놈들이 거짓말인들 못 하겠는가?

그리고 그 거짓말을 이용해서 노형진은 일을 키울 생각이었다.

"그래서 증인, 고문을 한 사실을 인정하신다 이거지요?"

"그렇습니다."

"그런데 왜 갑자기 변심해서 고문 사실을 인정하신 겁니까?"

"그건 양심의 가책 때문입니다."

"양심의 가책요?"

"저희도 좋아서 한 게 아닙니다. 그 당시에 시대가 그랬고, 고문을 하라는 명령을 따르지 않으면 저희가 고문 대상이 되는 시절이었습니다."

"그게 무슨 말이지요?"

"그런 거 있지 않습니까? 저 사람이 빨갱이라는 증거를 찾아내라는 지시가 내려오면, 저희는 그에 맞춰서 어떻게 해서든 수사를 해야 합니다. 만약 진실을 찾아서 저 사람이 빨갱이가 아니라고 밝히면 그때는 저희가 빨갱이로 몰려서 고문 대상이 되었습니다."

노형진은 고개를 끄덕거렸다.

확실히 그 당시 시대상은 그랬다.

겉으로는 진실과 정의를 이야기하던 시절이지만 현실은 오로지 실적뿐이었다.

"하지만 제가 물은 건 그게 아닙니다. 오로지 명령에 따르신 거라는 말이지요? 그렇다면 그 명령을 내린 사람이 있다는 거군요. 그렇지요?"

서장은 격렬하게 고개를 끄덕거렸다.

그래야 자신이 책임을 면제받으니까.

"경찰은 상명하복의 조직입니다. 명령 없이는 어떤 것도 이루어지지 않습니다. 철저하게 선보고 후조치를 하게 되어 있습니다."

'선보고 후조치라, 좋은 말이야.'

물론 지금 이 사건을 보고받는 사람들은 눈깔이 돌아갈 만한 말이지만 말이다.

"그러니까 고문을 하라고 위에서 오더가 떨어졌다?"

"그렇습니다."

"그 명령은 어디서 떨어졌나요?"

"그건 잘 모릅니다. 저희는 명령을 받았을 뿐이니까요."

"그렇단 말이지요."

노형진은 고개를 끄덕거렸다. 드디어 제대로 떡밥이 물렸으니까.

"그러면 그 명령을 보통 서장이 하나요? 아, 이건 그 당시 서장을 말합니다."

서장은 고개를 흔들었다.

"아닙니다. 모든 수사 통제는 검사가 합니다. 서장이 그런 명령을 내릴 이유는 없지요."

"수사 통제는 검사가 한다라……."

"그렇습니다. 특히 정범수 사건은 더욱 그랬습니다. 전국적으로 이슈가 된 사건이어서 더더욱요. 한 시간이 멀다 하고 검찰이 전화해서 범인을 찾아내라고, 안 되면 만들어 내기라도 하라고 명령했습니다."

'팔은 안으로 굽기 마련이지.'

경찰 조직은 지금 고문을 했다는 것만으로도 부담스러울 수밖에 없다. 그러니 그 책임을 줄이기 위해서는 다른 존재를 끌고 들어가야 한다.

'그래야 경찰의 징계도 최대한 피할 수 있고 말이야.'

운이 좋다면 자리를 보전할 수 있을지도 모르는데 경찰 상부를 직격으로 때릴 수는 없다.

'그리고 그게 실수지.'

결국 그런 결정을 내릴 수 있는 사람은 단 한 사람, 검사뿐이다.

"그 당시 검사가 고문을 해서라도 범인을 만들어 내라고 했다 이거지요?"

"그렇습니다. 그러지 않으면 정권에 타격이 가는 상황이었으니까."

노형진의 질문이 계속될수록 변호사와 판사의 얼굴은 새파랗게 질려 갔다.

이건 도무지 덮을 수 있는 수준의 이야기가 아니었으니까.

"그래서 그 당시 검사가 명령을 어떻게 내렸습니까?"

"구두로 내려보냈습니다. 전화를 걸었지요."

당연하게도 그 당시 전화 기록을 추적할 방법은 없다.

"그렇군요."

노형진은 고개를 끄덕거렸다.

이로써 이 사건을 수면 위로 끌어낼 모든 준비가 끝났다.

"그러면 그 당시 검사의 이름을 기억합니까?"

"가물가물합니다."

검찰이 수사를 지휘한다고 하지만 그건 어디까지나 오더를 내리는 거다.

각 사건마다 수사 검사가 다르니, 대부분의 경찰은 검사라는 존재에 대해서만 알지 정확한 이름은 기억하지 못한다.

경찰과 검사가 일대일로 매칭되는 게 아니라 랜덤하게 매칭되어서 수사가 진행되니까.

"친애하는 재판장님, 사건 기록 갑제 33호를 봐 주시기 바랍니다. 기록에 따르면 그 당시 담당 검사는 서성욱입니다."

노형진은 그러면서 주변을 스윽 둘러보았다.

노형진이 부른 기자들이 눈을 번쩍이고 있었다.

그냥 단순 손해배상 청구 소송이라고 생각하고 온, 그래서 시큰둥한 모습을 보이던 기자들.

그들이 눈에 불을 켜는 이유는 간단했다.

서성욱이라는 이름 때문이었다.

"즉, 현 검찰총장입니다."

증인석에 있던 서장의 얼굴이 새파랗게 변했다.

기억이 가물가물해서 제대로 떠올리지 못했는데 건드려서는 안 되는 최악의 거물을 건드린 것이다.

'그러니까 이런 터무니없는 판결이 나왔겠지.'

검찰총장이 된 서성욱이 자신의 추문이 드러나지 않게 손썼을 게 당연하니까.

'하지만 이제는 상황이 바뀌었지.'

피해자로부터 고문당했다는 증언이 나왔고 고문 경찰들로부터 그 고문을 하라고 한 사람이 바로 서성욱이라는 증언역시 나왔다.

"아닙니다!"

피고 측 변호사는 비명을 지르듯 소리 지르며 벌떡 일어났다.

"피고 측 변호인, 아니라는 증거가 있나요?"

"그건……."

"아니면 아니라는 증언이라도 있나요?"

"……."

"지금 여기 서성욱 검찰총장이 고문을 지시했다는 명확한증언이 나왔습니다. 그런데 아무런 증거도 증언도 없이, 어떻게 아니라고 확신하지요?"

"그게……."

"혹시 서성욱 검찰총장 측과 접촉했나요?"

노형진의 말에 당황해서 땀을 뻘뻘 흘리는 변호사.

그걸 보고 판사가 재빨리 끼어들었다.

잔뜩 독이 올라서 기사를 써 대고 있는 기자들을 보고 일이 크게 틀어졌음을 알아차린 것이다.

"어흠…… 새로운 증언을 확인하기 위한 시간이 필요할 것 같군요. 오늘은 여기까지만 하고 다음 기일에 계속하겠습니다."

판사의 말에 노형진은 씩 웃었다.

그들의 치부가 드디어 드러나기 시작했다.

"개판이 되어 가네."

노형진은 피식 웃었다.

경찰과 검찰의 개싸움이 시작되었다.

일단 고문 사실을 인정한 이상 검찰과 경찰은 그 책임을 누군가에게 떠넘겨야 한다.

그리고 당연히 그건 상대방이었다.

경찰은 검찰에게, 검찰은 경찰에게 말이다.

"그리고 현직 검찰총장이 고문 검사 출신이라는 건 상당히 중요한 사건이죠."

지금까지야 별 관심을 받지 못하던 사건이다.

하지만 안 그래도 현 정권을 물어뜯을 거리를 찾고 있던 야당에서 게거품을 물고 달려들었고, 당연히 그들을 따라 언론이 끼어들었다.

그리고 사건이 전 국민들에게 알려지면서, 터무니없는 법률 해석으로 고작 2천만 원이라는 보상금이 나왔다는 사실 또한 널리 알려졌다.

당연히 국민들은 경악을 금치 못했다.

"제대로 당한 것 같은데요. 검찰총장이 연관된 거 알고 계셨습니까?"

"뭐, 기본이죠."

노형진은 어깨를 으쓱했다.

"그 당시 사건을 조사하려면 당연히 그 당시 검사를 알아봤어야지요."

하지만 1심의 변호사는 그러지 않았다.

경찰이 고문을 했다는 이유 하나만으로, 검찰은 빼고 경찰만 파고들었다.

"어쩌면 그 변호사가 검사 출신이라 그랬을 수도 있고요."

"아……."

검사 출신 변호사이니 당연히 자신의 친정인 검찰에 피해를 주고 싶지는 않았을 것이다.

"이거야 원, 이제는 변호사를 고를 때 출신도 따져야 합니까?"

아무런 경력도 없는 변호사는 힘이 없고, 검사 출신은 검찰에 불리한 사건을 은폐하고, 판사 출신은 사법부에 불리한 사건을 은폐한다.

"아주 개판이네, 개판."

무태식은 질려 버렸다는 듯 말했다.

이런 미친놈들을 어떻게 골라낼지, 아무리 생각해도 도무지 방법이 없어 보였다.

"대부분의 국민들이 모르는 사실이니까요."

"그래도 여전히 저쪽은 고문은 없었다고 주장하고 있는데요."

"뭐, 그건 재판정에서 뒤집어야지요."

그리고 그건 노형진이 잘하는 일이었다.

경찰과 검찰은 사이가 좋지 않다. 좋을 수가 없다.

법적으로 수사권을 가진 것은 검찰뿐이다.

경찰은 검찰의 명령에 따라 수사하는 것뿐이다.

그리고 경찰의 가장 큰 꿈은 독립 수사권을 가지는 것이다.

실제로 경찰은 수십 년간 독립된 수사권을 얻기 위해 노력했다.

하지만 많은 경우 부패한 경찰 때문에 그럴 기회가 날아갔고, 새론과 노형진 때문에 그 기회와 더더욱 멀어졌다.

무엇보다 경찰의 독립 수사권을 가장 반대하는 조직은 검찰이었기 때문에 당연히 검찰과 사이가 좋을 수가 없었다.

검찰의 입장에서는 자신들의 부하나 마찬가지인 경찰이 혼자서 수사를 한다는 것이 마음에 들지 않았을 뿐만 아니라, 사이가 안 좋은 경찰이 수사권을 가지는 경우 가장 먼저 족칠 대상은 검찰이라는 것을 알고 있기 때문에 결사반대할 수밖에 없었다.

수사권을 얻으면 당연히 다음 목표는 기소권이 될 텐데, 그러기 위한 가장 좋은 방법은 검찰이 부패해서 제구실을 못한다는 것을 증명하는 거니까.

"그런데 이번 사건은 어떻게 보면 그동안 당한 것에 대한 설욕전인 셈이지요."

지금까지 경찰은 아무래도 불리한 싸움을 할 수밖에 없었다.

애초에 수사를 개시할 수 있는 권한이 있는 검찰이 자신의 치부가 드러나게 그냥 둘 리 없으니까.

"하지만 이번은 아니죠."

검찰의 명령에 따라 이루어진 고문.

"진실인지 아닌지는 알 수가 없죠."

중요한 건 검찰이라는 존재의 치부다.

"어차피 진실은 알 수가 없고, 그 당시 사건을 생각하면 고문이 흔했고……."

다만 지금까지는 경찰이 두들겨 맞았다.

그럴 수밖에 없었다. 실행하는 건 경찰이었으니까.

무엇보다, 검찰은 권력을 가지고 있었으니까.

하지만 이제는 상황이 달라졌다.

지금까지 일이 터지면 검찰은 모든 죄를 다 경찰에게 뒤집어찌 웠다.

그래서 고문 경찰은 유명하지만 고문 검찰은 거의 없었다.

하지만 상당수의 고문은 검찰의 오더에 따라 이루어지는 경우가 많다.

결국 상황은 노형진이 던진 떡밥에 의해 정범수의 사건과는 다른, 전혀 엉뚱한 방향으로 흘러가기 시작했다.

⚖️

"증인! 증인은 검찰이 고문을 명령했다고 주장하는데, 증거 있습니까?"

"없습니다."

"그러면 증인이 죄를 감추기 위해 하는 거짓말일 수도 있겠군요."

"재판장님, 지금 피고 측 변호인은 증인을 겁박하고 있습니다. 애초에 증인에 대한 고소와 고발이 이루어지지도 않았는데 무슨 처벌을 면하기 위한 거짓말이라고 주장하는 겁니까?"

"으음."

판사는 곤혹스러운 듯한 표정이 되었다.

사건이 커지고 주변의 시선이 부담스러워진 기존 재판부는 병을 핑계로 그만둬 버렸다.

그럴 수밖에 없는 게, 사건이 커지면서 사건 기록이 외부로 새어 나갔고 누가 봐도 편파적인 재판이 이루어져 있었으니까.

그래서 새로 배당된 판사는 그나마 중간에서 보려고 하고 있지만 쉬운 일이 아니었다.

"하지만 고문이라는 것은 현장에서 이루어지는 것이고……."

"피고 측 변호인! 지금 증인이 자신이 고문한 것을 부정했습니까? 아닙니다. 현장에서 이루어진 고문에 대해 인정했습니다. 그런데 왜 자꾸 경찰을 걸고넘어집니까? 피고 측 변호인! 지금 변호인이 보호하는 건 피고입니까, 아니면 검찰입니까?"

노형진의 날카로운 지적에 상대방 변호사는 진땀을 흘렸다.

'안 봐도 뻔하다.'

검찰 출신인 그는 검찰로부터 일종의 청탁을 받았을 것이다.

검찰 조직을 보호해 달라고 말이다.

그 대신에 물론 적당한 대가를 약속받았을 테고 말이다.

'병신 같은 새끼들.'

그 적당한 대가란 돈이 아니다.

그가 의뢰받은 사건의 범죄자의 형량을 최대한 가볍게 해 주겠다는 일종의 거래일 가능성이 높다.

그들은 자신들의 범죄를 가리기 위해 진짜 범죄자를 풀어 줄 생각을 하고 있는 것이다.

"그게 아니라……."

"그게 아니긴 뭐가 아닙니까? 피고 측 변호인, 지금 이 사건에서 중요한 건 검찰이 고문을 하라고 오더를 내렸다는 게 아니라 고문이 실질적으로 이루어졌다는 거 아닌가요?"

상대방 변호사는 얼굴이 헬쑥해졌다. 그 말이 사실이니까.

"이런 상황에서, 지난번 사건에서 고작 2천만 원의 배상금이 적절하다고 생각하십니까?"

"그건 원고 측이 죄를 자인해서 벌어진 일입니다."

"지금 고문이 인정된 상황에서 그게 할 말입니까?"

돈을 주지 않기 위해서는 고문이나 기타 강압적인 방법이 없었다는 걸 증명해야 한다.

문제는 이미 경찰이 고문을 인정한 이상, 정부 입장에서는 그걸 증명할 수 있는 방법이 없다는 거다.

"하지만 원고가 직접 서명한 자필 진술서가 있습니다."

노형진은 고개를 끄덕거렸다.

분명 그가 서명한 자필 진술서가 있다.

"그렇군요."

그리고 지난번 재판에서는 그 진술서를 인정하고 그걸 핑계로 고작 2천만 원이라는 터무니없는 금액을 책정했다.

"여기 그 문제의 자필 서명이 있습니다. 주요 질문은 경찰이 작성했고, 그걸 출력한 후 증인이 거기에 진술서상의 내용이 맞다는 식으로 서명했습니다. 각 문항에 대해서요. 맞지요?"

"그렇습니다."

"하지만 지난번 재판에서도 문제가 된 것이지만, 이 글씨체는 원고의 것과 전혀 다릅니다."

지난번에도 그런 이야기가 나왔다. 분명 그랬다.

'그러나 그때나 지금이나 마찬가지겠지.'

"무려 28년입니다. 28년이면 그 당시 글씨체와 지금 글씨체가 달라질 수도 있는 법입니다."

28년 전의 글씨체다. 교도소에 있는 동안에 글을 쓸 시간이 거의 없다 보니 당연히 변할 수도 있다.

'그리고 그게 재판부에 먹혔고 말이야.'

만일 이번에도 뒤집지 않는다면 분명 그렇게 될 것이다.

하지만 노형진에게는 뒤집을 수 있는 다른 카드가 있었다.

"그렇군요. 하지만 이건 어떻게 생각하십니까?"

"뭘 말입니까?"

"증인, 여기에서 이 문장을 써 주실 수 있겠습니까?"

"네?"

서장은 순간 당황했다.

자신에게 볼펜과 종이를 내미는 노형진 때문이었다.

"여기 있는 그대로, '위 진술은 본인의 진술과 다르지 않음을 인정합니다.'라고 말입니다."

서장은 우물쭈물하다가 결국 볼펜을 들었다.

그러나 다음 말에 움찔할 수밖에 없었다.

"증인, 다른 서류를 이미 구해 놨습니다."

"하아."

저절로 한숨을 쉬는 서장.

그는 어쩔 수 없이 빈 종이에 노형진이 불러 준 대로 글자를 썼다.

노형진은 그 종이를 받아서 상대방 변호사와 판사에게 내밀었다.

"재판장님, 이 글씨체, 어디서 많이 본 눈에 익은 글씨체가 아닌가요?"

"으음."

누가 봐도 진술서에 있는 글씨체와 아주 비슷했다.

"원고의 진술에 따르면 원고는 이러한 서류에 사인을 한 적이 없습니다. 당연히 수긍한다는 글도 쓴 적이 없지요. 그런데 고문 경찰에게서 똑같은 글씨체가 나왔습니다. 그렇다면 이걸 어떻게 해석해야 할까요?"

"하지만 원고는 그 당시 스스로 지장을 찍었습니다."

"그랬지요. 분명 거기에 지장이 찍혀 있지요. 그래서 한 가지 재미있는 실험을 해 보려고 합니다."

"실험?"

"변호사님, 잠깐 도와주시겠습니까?"

노형진은 상대방 변호사를 앞으로 나오도록 했다.

그러고는 서류 하나를 꺼내 들었다.

"신체 포기 각서?"

그걸 보고 변호사는 어이가 없다는 표정이 되었다.

신체 포기 각서는 법적으로 아무런 효력이 없는 서류다.

그런데 그걸 법정에서 내놓다니.

"그게 뭡니까?"

"일종의 실험용입니다. 당연히 이건 효력이 없지요. 지금부터 변호사님은 여기에 지장을 찍으시면 됩니다."

"내가 미쳤습니까?"

"네, 그렇습니다. 지금부터 원고 측 변호사님은 최대한 저항하시면 됩니다. 저희가 강제로 찍게 할 테니까요."

노형진은 입구 쪽으로 손짓을 했고, 건장한 사내 다섯 명이 안으로 들어왔다.

"뭐 하는 겁니까?"

"실험입니다. 재판장님, 여기서 강제력에 대한 간단한 실험을 하겠습니다. 피고 측 변호인은 이 지장에 대해 정당하다고 주장합니다만, 그 정당성에 대한 실험이지요. 물론 그과정에서 상해를 없을 것입니다."

"인정합니다. 간단한 실험이니 한번 해 보세요."

"그러면 피고 측 변호인, 최대한 저항해 보도록 하세요."

"으윽!"

그게 뭘 의미하는지 모를 리 없는 상대방 변호사는 어떻게 해서든 지장을 찍지 않기 위해 몸부림치기 시작했다.

"차라리 다른 사람을 시키라고!"

다급해서 튀어나오는 말.

하지만 노형진은 이미 변명 아닌 변명을 준비해 둔 상황이었다.

"그랬다가는 서로 짠 거라고 주장하실 것 같아서요."

변호사는 대꾸하지 못했다. 실제로 그럴 생각이었으니까.

하지만 이제 어쩔 수 없이 최대한 저항해야 하는 상황이 되어 버렸다.

"붙잡아!"

"손! 손!"

"손 붙잡아!"

"읍읍!"

팔과 다리에 사람이 붙고 얼굴을 틀어막고 강제로 손을 당기기 시작하자, 변호사는 어떻게 해서든 저항하려고 했다.

그러나 비리비리한 사람도 아니고 제법 운동으로 다져진 몸매를 가진 사람들에게, 운동이라고는 모르고 살아온 변호사가 저항할 수는 없었다.

"읍!"

입이 막혀 있어서 소리도 지르지 못한 채로 그가 할 수 있는 저항이라고는 주먹을 꽉 쥐는 정도였지만, 그마저도 하나씩 풀려서 결국 신체 포기 각서에 지장을 찍을 수밖에 없었다.

"지장을 찍는 데 걸린 시간 13분 33초입니다. 재판장님, 이 장면을 촬영한 영상과 이 지장을 증거로 제출합니다. 보다시피 다섯 사람 정도가 달라붙어서 강제로 지장을 찍도록 만들면 아무리 건장한 사람이라고 해도 저항할 수가 없습니다. 하물며 원고의 경우, 그 당시 증언에 따르면 족히 나흘 이상 고문을 당한 상태에서 강제로 지장을 찍게 하기 위해 다섯 명이 달려들었습니다. 사실상 그들에게 저항하면서 지장을 찍지 않을 수 있는 방법은 없었습니다."

노형진은 그냥 말로만 싸우는 타입이 아니었다.

백문이 불여일견이라고 했다.

아무리 백번 불가능하다고 주장해도, 결국 말일 뿐이다.

하지만 한 번 보면 상대방은 그걸 부정할 수가 없게 된다.

"헉헉…… 당신……."

"협조 감사합니다, 변호사님."

"내가 언제 협조한다고 했어!"

화가 머리끝까지 나서 소리를 빽 지르는 피고 측 변호사.

노형진은 그런 그를 보면서 피식 웃었다.

"그래서 저희가 강제로 참여시킨 겁니다."

"뭐?"

"어떻게 해서든 지장을 찍게 하려는 사람들에게 지금 피고 측 변호사님처럼 저항하실 분이 어디 계시겠습니까?"

"큭."

아무리 사력을 다해서 저항하라고 한다고 해도 결국은 타인의 문제이고 법적으로 효력이 없는 사항이다.

당연하게도 상대방은 그다지 강하게 저항하지 않을 것이다.

하지만 그는 다르다. 그는 저항을 필사적으로 할 수밖에 없다.

자신의 사건이고 수임료가 달려 있는 사건이니까.

"이런 씨……."

욕을 하려던 피고 측 변호사는 판사를 보면서 목구멍 너머로 나오려고 하는 욕을 애써 삼켰다.

"하지만 증거가 있지 않습니까, 증거가!"

진술서가 강력한 힘을 발휘하기는 했지만 그냥 지나가다가 아무나 잡아서 '이제부터 네가 범인이다.'라고 한 건 아니었다.

어찌 되었건 언론에 나갈 만한, 엮어 낼 구석이 있기 때문에 그가 걸려든 것이다.

"증거야 있지요. 그리고 아까부터 피고 측 변호인이 착각하는 모양인데, 이번 재판은 원고 정범수의 무죄 여부를 판단하는 것이 아닙니다. 이미 원고는 재심을 통해 무죄가 나왔어요. 그렇다면 당연히 기존 증거들은 조작되었다고 봐야 하지 않겠습니까?"

"그건……."

피고 측 변호사는 눈을 찌푸렸다.

하지만 여기서 물러나면 진짜 죽도 밥도 안 된다는 걸 알기에 그는 어쩔 수 없이 꼬투리를 잡았다.

"형사적으로 무죄가 나온 건 압니다. 하지만 그게 증거가 조작되었다는 증거는 아니죠. 다만 그게 현장에서 발견되었기 때문에 해석이 그렇게 될 수밖에 없었다는 겁니다."

노형진은 코웃음을 쳤다.

'그렇게 나오겠다?'

이런 사건에서 과실과 고의의 차이는 크다.

과실로 증거 해석을 잘못한 거라면 배상금이 많지 않지만, 고의로 해석을 곡해하거나 조작한 거라면 몇 배나 많은 배상금이 책정된다.

그래서 그는 어떻게 해서든 증거를 인정받으려고 하는 것이다.

그런데 이번 사건에서 가장 결정적인 증거는 두 가지였다.

첫 번째, 시신이 발견된 현장에서 함께 발견된 연장이었다.

그건 공사 현장에서 흔하게 쓰는 망치였는데, 경찰은 그걸 아이들을 위협하는 용도로 썼다고 주장했다.

거기에는 정범수의 지문이 묻어 있었고 말이다.

다른 하나는 그의 집에서 발견된 두 아이의 팬티였다.

경찰은 그 팬티가 일종의 트로피라고 주장했다.

"재판장님, 일단 첫 번째 증거에 대한 저희 의견은 이렇습니다. 그 망치는 분명 정범수 씨의 것입니다. 그건 인정하니다. 하지만 그 망치에 묻어 있는 지문이 저희는 문제라고 생각합니다."

"그것만큼 확실한 증거가 어디 있습니까? 범인의 것이 아니라면 그 증거가 현장에 있을 이유가 없지 않습니까?"

"그건 그렇습니다. 하지만 진술서를 조작하고 지장을 강제로 찍고 고문까지 하던 경찰이 가짜 증거를 조작하지 말라는 법은 없지 않습니까?"

"재판 참 편하게 합니다. 일단 불리한 증거면 무조건 조작이다?"

조작이라는 것을 입증하기 위해서는 그게 조작이라는 다른 증거를 내놓아야 한다.

지난번 변호사는 그걸 내놓지 못했다.

'하지만 난 다르지.'

노형진은 그게 어디서 왔는지 안다.

그 망치가 정범수 거라고 확신한 건, 정범수가 그걸 사용했기 때문이다.

"그 당시 기록에 따르면 해당 망치는 원고인 정범수가 집에서 쓰던 망치로, 범죄를 목적으로 가지고 나와서 피해자들을 위협하는 데 썼다고 했습니다. 맞습니까?"

"맞습니다."

물론 정범수는 그게 아니라고 주장했다.

하지만 씨알도 안 먹혔다.

그건 공장에서 쓰던 망치라고 했지만, 그걸 증명할 방법이 없었으니까.

하지만 시대가 바뀌었고 기술은 진보했다.

"재판장님, 저희가 제출한 증거인 갑제 3-8의 내용을 봐주시기 바랍니다. 해당 망치에 대한 분석입니다."

"분석?"

"그렇습니다. 해당 망치는 손잡이 부분이 나무로 되어 있습니다. 그리고 나무로 된 손잡이 부분은 쇠와 달라서, 오랜 시간 유기용제를 흡수합니다."

물론 코팅해서 쓰기는 하지만, 오래 쓰다 보면 코팅이 벗겨질 수밖에 없다.

"그리고 이 증거에 따르면 해당 나무 손잡이를 일부 분석한 결과, 철강용 쇳가루와 쇠를 깎을 때 쓰는 유기용제 그리고 여러 가지 이물질이 발견되었습니다. 그리고 이건 그 당시 원고가 근무하던 곳의 토양을 분석한 서류입니다."

노형진은 새로운 증거를 내밀었다.

"두 개를 비교 분석한 결과 두 시료에서 똑같은 성분이 검출되었습니다. 그 당시 원고 측은 해당 망치가 공장에서 쓴 것이며 공용이라고 주장했지만, 피고 측은 그걸 집에서 쓰는 망치라고 주장했습니다."

만일 집에서 쓴 물건이라면 이러한 유기용제가 들어갈 수가 없다.

집에서 쇠 깎는 기름을 쓰는 사람은 없으니까.

"원고 측이 집에 가서 쓰다가 오염되었을 수도 있지요."

"그건 불가능합니다. 애초에 집에서 망치를 쓰는 시간이 얼마나 됩니까?"

집에서 망치를 쓰는 건 기껏해야 벽에 못을 박는 경우 정도이고, 아무리 길게 써 봐야 1년에 한 시간을 잡기 힘들다.

"하지만 이 망치는 그러한 환경에서 사용된 게 아니라서 거칠게 사용되었고, 그로 인해 표면의 코팅이 벗겨져 유기용제를 흡수했습니다. 집에서 수백 수천 시간 동안 망치 손잡이만 쓰다듬는 사람이 어디 있겠습니까?"

지문만 생각했지 성분은 생각하지 못한 상대방 변호사는 벙찐 표정이 되었다.

하지만 이내 애써 정신을 차리고 다른 증거를 들이밀었다.

어떻게 해서든 경찰과 검찰이 착각할 수밖에 없었다고 주장해야 했으니까.

물론 그건 무의미한 몸부림에 지나지 않았지만 말이다.

"하지만 집에서 발견된 팬티가 있습니다! 그것만큼 확실한 증거가 어디 있습니까?"

"그래서 그 팬티에 대한 유전자 검사를 했습니까?"

"뭐요?"

"그 당시 기록을 확인해 봤습니다. 피해자들이 사건 당일 해당 팬티를 착용하고 나간 것은 그 당시 피해자들의 부모의 증언으로 확인되었습니다."

그리고 그 팬티가 정범수의 집에서 발견되었다.

그렇다면 범인이 맞다는 소리다.

하지만 거기에도 사람들이 잘 모르는 속임수가 들어가 있었다.

"해당 팬티의 정식 명칭은 마법 소녀 멜리아 여아 팬티입니다."

"그게 중요합니까?"

중요한 건 그 팬티가 정범수의 집에서 발견되었다는 거다.

"해당 팬티의 제조사는 아직 존재하고 있었기 때문에 그 팬티의 판매량에 대해 확인해 봤습니다."

"판매량?"

"그렇습니다."

노형진은 새로운 증거를 이미 찾아낸 상황이었다.

사람들의 눈을 가리게 되는 강력한 증거가 바로 팬티다.

범인의 집에서 피해 아동의 팬티가 발견되었다는 말은 사람들의 분노를 불러일으키고 눈을 가리기에 충분했다.

하지만 사람들이 생각하지 못한 것, 아니 경찰과 검찰에서 감추고 싶었던 것이 있었다.

그건 그 팬티라는 물건이, 유행을 타든 어쨌든 결국 공산품이라는 거다.

"회사에 질의한 결과 그 당시 마법 소녀 멜리아 팬티의 해당 사이즈의 판매량은 총 280만 장입니다."

"280만 장?"

"그렇습니다. 그 당시 〈마법 소녀 멜리아〉는 텔레비전에서 가장 인기 있는 프로그램이었고 평균 시청률이 35%가 넘었습니다. 특히 여아들이 좋아했습니다. 그러한 인기를 바탕으로 280만 장이 판매되었습니다."

팬티 한 종류가 280만 장이나 판매되었다는 것은 특이한 일이다.

더군다나 이러한 캐릭터 팬티는 시대와 유행을 심하게 타기 때문에 그때가 아니면 구입도 못 한다.

"그래서요?"

노형진은 피식 웃었다.

"원고인 정범수에게는 따님이 한 분 있습니다. 그리고 그 당시 나이를 보면 피해자들과 한 살 정도 차이 납니다. 정확히는 8개월 정도의 나이 차이를 보입니다."

쉽게 말해서 같은 프로그램을 보고 같은 취향을 공유하는 여자애였다는 소리였다.

"해당 팬티의 포장 방식은 세 개가 한 세트였고, 그중 한 장은 발견되지 않았습니다. 그래서 경찰은 그게 피해자들의 팬티였다고 주장했지요."

"그건 그런데요."

"그렇다면 이런 가능성은 어떻습니까? 딸에게 한 세트를

사 줬고, 압수 수색 당시에 한 장은 딸이 입고 있었다."

그렇다면 집에서 두 장만 발견되었다는 것은 논리적으로 말이 된다.

"하지만 원고는 그 당시에 그런 걸 주장하지 않았습니다."

"피고 측 변호인, 아이 있습니까?"

"네? 있습니다만."

"몇 살입니까?"

"여덟 살입니다."

"그러면 그 아이가 좋아하는 캐릭터나 입고 있는 속옷, 기억하십니까?"

변호사는 말을 못 하고 눈만 데굴데굴 굴렸다.

노형진의 불의의 일격에 대답을 할 수가 없었으니까.

"아이들의 경우 속옷은 대부분 어머니의 영역입니다. 다른 외부에 드러나는 옷은 아버지도 인지할 수 있습니다. 입고 다니는 게 눈에 보이니까요. 하지만 속옷은 인지하기 쉽지 않습니다. 하물며 여아의 옷입니다. 지금도 아버지가 딸의 속옷을 확인하겠다고 서랍을 뒤적거리면 아마 미친놈 소리를 들을 겁니다. 그런데 벌써 28년 전 일입니다. 그 당시 아버지들이 딸의 속옷을 확인하겠다고 서랍을 뒤지고 다녔겠습니까?"

"......"

그나마 어머니들은 아이들의 속옷을 빨기도 하고 사 주기도 하니까 알 수도 있지만, 아빠가 딸의 속옷이 무엇 무엇이 있는지 정확히 알고 있다는 것은 수상쩍다.

"당연히 그게 딸의 팬티인 것도 알 수가 없지요. 애초에 그 당시 그 나이대의 어른이라면 마법 소녀 멜리아라는 캐릭터가 뭔지도 몰랐을 겁니다."

지금처럼 인터넷이 있던 시대도 아니다.

새벽같이 출근해서 늦은 밤 별을 보며 퇴근하는 게 정상이던 시대.

그 시대의 아버지가, 한낮에 여자애들을 대상으로 하는 만화를 알 가능성은 낮다.

"으음……."

결국 하나는 조작일 수밖에 없고 다른 하나는 피해자가 아니라 친딸의 물건이었다는 건데, 이는 경찰과 검찰의 아주 큰 실수였다.

"결국 원고 정범수는 경찰의 증거 조작과 검찰의 고문 명령으로 인해 무려 28년이라는 시간을 잃어야 했습니다. 그뿐만 아니라 그 고문 후유증으로 인해 심각한 고통을 받게 되었습니다. 이러한 상황에서 1심에서의 2천만 원이라는 배상금액은 정상적이라고 볼 수 없으며, 그 일생의 일부나마 보상받기 위해서는 청구 금액 40억이 전액 지급되어야 할 것이라고 주장하는 바입니다."

노형진은 판사를 보며 강하게 말했고, 판사는 떨떠름한 얼굴로 노형진의 시선을 피했다.

⚖️

"결국 28억으로 끝났네요."

"전액 인정되지는 않을 거라고 하지 않았습니까?"

28억의 배상금. 28년 세월과 그 피해를 모두 배상하기에는 많이 부족하지만, 최소한 정범수가 남은 삶을 이어 가는 데에는 충분한 돈이다.

"감사합니다. 감사합니다."

정범수는 노형진의 손을 잡고 눈물을 흘렸다.

"이제야…… 아비 노릇을 할 수 있겠습니다. 흑흑……."

자신 때문에 딸의 인생도 망가졌다.

이제 유일하게 남은 가족.

그가 악착같이 돈을 받으려고 했던 가장 큰 이유였다.

"고생하셨습니다. 그런 말씀 마세요. 정범수 씨는 언제나 좋은 아버지였습니다."

고문을 받으면서도 악착같이 버텼다. 오로지 가족을 위해 말이다.

다만 정부에서 어떻게 해서든 희생양을 만들려고 했을 뿐이었다.

"이제 가셔서 가족들과 남은 시간을 보내면 됩니다. 그리고 노파심에서 말씀드리지만 누구도 믿지 마세요. 이제 정범수 씨가 배상금을 받았다는 소문이 돌면 사방에서 그걸 뜯어먹으려고 몰려들 겁니다."

"걱정하지 마십시오. 그건 제 돈이 아닙니다. 제 딸아이의 돈입니다. 그 애를 위해서라도 악착같이 지키겠습니다. 감사합니다. 감사합니다."

정범수는 몇 번이나 감사의 인사를 하고 새론을 떠났다.

뒤에 남은 노형진은 살짝 미소를 지으면서 무태식의 사무실로 향했다.

"가셨나요?"

"네. 마지막 인사를 하셨으면 좋았을 텐데요."

"어차피 제 사건도 아니었는데요, 뭘."

그러면서 무태식은 긴 한숨을 내쉬었다.

책상에 가득 쌓여 있는 어마어마한 서류. 이번 사건으로 손해배상을 청구한 고문 피해자들의 서류였다.

한번 물꼬가 트이자 사람들은 너도나도 새론으로 몰려들었다.

당연히 새론이야 막대한 돈을 벌게 될 테고 말이다.

"다만 경찰과 검찰은 죽을 맛일 겁니다."

검찰총장이 극구 자신은 오더를 내린 적이 없다고 버티면서 현실을 부정하는 사이, 그와 관련된 다른 고문 피해자들이 하나둘씩 나타나고 있었다.

"우리나라의 사법부는 언제쯤 정신을 차릴까요?"

무태식의 말에 노형진은 어깨를 으쓱하며 말했다.

"글쎄요. 그렇게 된다면 우리는 실업자가 될 것 같은데요?"

노형진의 말에 무태식은 피식 웃었다.

그 말은 변호사라는 직업이 사라진다는 건데, 아무리 생각해 봐도 그럴 가능성은 낮아 보였기 때문이다.

결국 경찰이나 검찰이 100% 정당하게 진실을 추적하고 재판할 가능성은 없다는 소리였다.

"뭐, 이걸 마무리 지으면 어느 정도는 정리가 될지도 모르겠네요."

물론 그것도 아주 잘될 때의 이야기였다.

"우리끼리 잘 먹고 잘 살아야겠습니다."

노형진의 말에 무태식은 피식 웃고는 다시 서류에 고개를 박았다.

당분간은 어쩔 수 없는 야근이었다.

청계의 귀환?

"꼽냐, 꼬아? 꼬우면 너도 찌르든가!"

손채림은 오랜만에 한국에 귀국했다가 어떤 가게 앞에서 황당한 상황을 보았다.

"배 째고 싶어? 그래, 째라! 째라고! 왜 못 째? 이 쌍놈의 새끼야! 겁쟁이 새끼, 치킨 새끼, 꼬꼬댁! 꼬꼬댁!"

"야, 이 개새끼야!"

그에게 모욕받던 나이 든 남자가 덤벼들려고 하자 빈정거리던 남자는 뒤로 물러나면서 낄낄거렸다.

"아이구, 무서워라. 무서워서 꼼짝도 못 하겠네요. 낄낄낄."

"여보! 참아요! 여보! 여보!"

"으아아!"

나이 지긋한 남자는 분노를 주체 못 하고 벽을 주먹으로 연신 후려쳤다.

그리고 빈정거리던 다른 남자는 낄낄거리면서 그곳을 떠났다.

"병신 새끼래요, 병신. 겁나서 복수도 못 하는 병신. 낄낄낄."

"배알이 뒤틀리는 저 장면은 뭐지?"

물론 눈앞에서 벌어진 일을 막 본 것뿐이니 어떤 상황인지는 알 수가 없다.

하지만 그녀의 촉은 저 미친놈이 나쁜 거라고 빠르게 말하고 있었다.

"여보, 진정해요. 응? 진정해."

"어떻게 진정을 해! 저 새끼가! 저 새끼가 죽었어! 그런데 어떻게 진정을 해!"

"여보, 당신마저 죽으면 나랑 연수는 어떻게 살아! 참아! 제발 참아!"

"으아아! 씨발 새끼!"

부들부들 떠는 남자.

그때 옆집에서 한 남자가 붕대와 소독약을 가지고 와서 그의 손을 응급처치 하기 시작했다.

"형님, 이러지 마시고 가게 내놓으세요. 이러다 진짜 또 시체 하나 치우겠습니다."

"치워도 저 새끼 시체를 치운다."

"그런 말이 아니잖아요, 형님. 저 새끼가 그거 노리고 저러는 거 아시지 않습니까? 여기서 버티면 형님만 힘들어져요."

"으으…… 차라리 저 새끼를 죽이겠어! 저 새끼를 죽이고 나도 죽겠어!"

"아이고, 여보!"

"형님, 그러지 마시라니까요. 야! 빨리 소주 한 병 가지고 와! 어서!"

그 말에 가게를 지키던 다른 사람이 다급하게 소주 한 병을 가지고 왔고, 연신 화를 내던 남자는 벌컥벌컥 들이켰다.

"흑흑흑."

그러고는 울면서 무너졌다.

아내가 그런 그를 다독거리면서 가게 안으로 데리고 들어갔고, 주변 사람들은 혀를 끌끌 차며 그곳을 떠났다.

"저기요, 무슨 일이에요?"

손채림은 이 상황이 이해가 가지 않아서 옆집 남자에게 다가가서 물었다.

"신경 쓸 일 아니니까 그냥 가세요."

"아니, 지금 상황이 신경 안 쓸 일이 아닌 것 같은데요."

"당신이랑 상관없는 일이잖습니까?"

"상관이 있을지도 모르죠. 그래도 나름 변호사 쪽에 인맥이 많거든요."

남자의 얼굴에 비웃음이 떠올랐다.

"그 잘난 변호사들도 방법이 없다고 합디다."

"아니, 변호사는 아니더라도 검사 쪽에도 선이 있어요. 그, 모르세요, 새론? 검사들하고 미결 사건들 하나씩 해결하는 그곳요. 아시죠? 아시죠?"

"미결 사건?"

눈치를 보니 잘 모르는 듯했다.

하긴 보통 변호사를 찾는 경우는 결국 자신에게 문제가 생겼을 때이니까.

"감춰진 사건 해결이 우리 새론 전문이라니까요?"

물론 손채림은 지금은 새론 소속이 아니다.

하지만 아직 새론에 대한 자부심이 있었고, 아무리 어려운 사건이라고 해도 노형진은 해결할 수 있을 거라 믿었다.

"그런 헛소리에 우리 형님이 얼마나 상처 받았는데요. 됐수. 그냥 가요."

"돈 달라는 게 아니에요. 저희한테 사건을 이야기해 주시면 제가 변호사랑 이야기해서 해결이 가능한지 알아볼게요."

"그러니까 그런 헛소리는 질리게 들었다니까."

"후불로 해 드릴게요."

"응? 후불?"

"네. 거기에다 결정될 때까지 당사자분들에게는 비밀로 해 드릴게요."

"비밀로…… 끄응……."

남자는 잠깐 고민했다.

그가 봐도 미쳐서 날뛰는 상황이다.

농담이 아니라, 정말 형님이 죽어 나갈 판국이다.

비록 옆집 살아 알고 지내는 사이일 뿐이라고 하지만 이웃 사촌이라는 말이 그냥 생긴 게 아니다.

"좋아요. 단, 확실한 경우에만 이야기하는 조건입니다. 알았죠?"

"네, 확실한 경우에만."

손채림에게서 확답을 들은 남자는 조심스럽게 입을 열었고, 손채림은 한마디라도 놓칠세라 핸드폰으로 녹음을 시작했다.

⚖

"살인인데 무죄라고?"

"어. 살인으로 잡혀갔는데 무죄라네. 그런데 자기가 죽였다고 하고."

"뭔 개소리야? 자기가 안 죽였으니 무죄인 거잖아?"

"아니, 그러니까 이게 좀 복잡한데……."

손채림은 녹음을 틀어 주면서 사건을 차분하게 설명했다.

그 말을 들은 노형진은 긴 한숨을 쉬었다.

"좀 복잡한 정도가 아니라 더럽게 비비 꼬인 사건이네."

"그렇지?"

"이 설명을 한 남자도 뭐 잘 설명하는 타입은 아닌 것 같은데, 그래도 대충 상황은 알겠다."

노형진은 고개를 끄덕거렸다.

비록 엄청 꼬인 사건이지만 그래도 전반적으로 상황을 파악할 수는 있었다.

"그러니까 살인 당시에 잡혀갔던 피의자가 무죄를 주장했고 결국 무죄로 풀려났는데, 갑자기 돌변해서 자기가 죽였다고 인정하면서 유가족을 괴롭히고 있다는 거잖아."

"그래. 그런데 그게 가능해?"

"끄응, 좀 복잡한 상황이지만 가능은 해."

일사부재리, 그리고 불이익 변경 금지 원칙이 문제였다.

"나도 법을 배웠지만 그 부분은 이해가 안 가. 아니, 일사부재리야 그렇다고 친다 해도, 불이익 변경은 아니지 않아?"

일사부재리라는 것은 한 번 처벌받은 범죄로 인해 두 번 처벌받지 않는 원칙을 뜻한다.

실제로 처벌이 존재하지 않아도 그 원칙은 성립된다.

즉, 한 번 경찰의 수사 대상으로 무죄가 나오면 그 사건에 대해 다시 조사를 할 수는 없다.

그리고 불이익 변경 금지의 원칙은, 재심에서는 원심보다 중한 형을 선고할 수 없다는 규정이다.

만일 원심에서 징역 3년이 나왔다면 재심에서도 징역 3년

이상은 불가능하다.

재심을 신청했다는 괘씸죄 처벌을 막기 위한 규정이다.

"하지만 넌 전에 이미 결판이 난 사건을 뒤집은 적이 있잖아."

"그건 그렇지."

"그런데 이번 사건은 못 뒤집는 거야?"

"못 뒤집어. 애석하게도 말이지. 규정이 다르거든."

"규정?"

"무죄판결이 난 사건을 뒤집기 위해서는 그걸 뒤집기 위한 또 다른 증언이나 증거가 나와야 해. 그것도 아주 확실한 걸로."

현장에 그가 있었음을 입증할 방법이 나오거나 전에는 발견하지 못했던 유전자나 지문이 발견된다거나 하는 식으로, 확실히 상황을 뒤집을 수 있는 게 발견되어야 한다.

"그런데 그 확실한 대상에 가해자의 진술은 포함되지 않아."

"뭐? 그게 무슨 말이야?"

"지금 같은 상황이 가능해진다는 거지."

재판에서 무죄가 나오면, 가해자가 자기 스스로 범행을 인정하고 낄낄거리면서 피해자를 조롱해도 법적으로 그를 처벌할 수 있는 방법이 없다는 것이다.

"뭐 이런 개 같은 법이 다 있어?"

"법이 개 같은 게 아니라 법을 악용하는 거지. 언제나 그렇잖아? 이 세상에 완벽한 법이라는 것은 없으니까."

노형진은 혀를 끌끌 차며 말했다.

"그리고 상황을 보아하니 그 미친 새끼가 아무래도 제정신은 아닌 것 같고. 보아하니 집안도 빵빵한 것 같은데."

"어떻게 그걸 알아?"

"뻔한 거 아냐? 정상적인 인간이라면 그런 미친 짓을 하면서 자기가 사람 죽였다는 소리를 떠벌리고 다니지는 않아. 믿을 구석이 있으니까 그런 거지. 더군다나 피해자를 따라다니면서 조롱한다고? 그렇다면 아마도 피해자들과 원한이 있을 거야."

그러니 그렇게 굳이 영업하는 곳까지 가서 깽판을 치는 것일 것이다.

"난 잘 모르겠어. 그건 안 물어봤거든. 그리고 빵빵한 집안은 왜 나온 거야? 그냥 믿을 만한 구석이 있다고 생각해서?"

노형진은 고개를 흔들었다.

"아니, 그건 아니야. 그건 사건의 문제지."

"응?"

"아까도 말했잖아. 확실한 증거나 증인이 나와야 사건이 뒤집어져. 그런데 그 남자는 자신이 죽였다고 빈정거리면서 다닌단 말이지. 만일 누군가 그걸 계속 파서 다른 증언이나 증거를 찾는다면 사건이 뒤집어질 수도 있는데 말이야."

"그래서?"

"그 말은, 최소한 이번 사건에서 검사는 최선을 다했다는 거야. 털어 낼 수 있는 건 다 털어 넣었다는 거지. 그럼에도 불구하고 무죄가 나왔어. 그것도 상황을 보아하니 확실하게 살인범인 상황에서 말이야."

"아……."

손채림은 그제야 노형진이 왜 부잣집이라고 한 건지 알아차렸다.

거의 확실시되는 사건을 무죄로 바꿀 수 있는 것. 그건 다름 아닌 돈의 힘이다.

"아마 로펌도 절대 만만한 곳은 아니겠지."

"이런, 내가 너무 호기심이 강했나?"

"뭐, 그걸 탓할 건 아니지."

노형진은 어깨를 으쓱했다.

"분명 이런 사건은 뒤집어야 하니까. 더군다나 그 미친 새끼 꼬라지를 보아하니 피해자 가족에게 원한이 강한 것 같은데 말이야."

그렇다면 그 미친놈이 멈출 리 없다.

"그런데 왜 도발하는 거야? 그런다고 자기가 좋을 게 뭐가 있다고?"

"복수지."

"복수?"

"그래. 상대방이 공격하면 그걸 핑계로 상대방을 물어뜯으려고 말이야."

"하지만 그러다 자기가 죽으면 어쩌려고?"

"아마도 경호원이 있을걸."

경호원을 통해 스스로를 지키려고 할 것이다.

그리고 그 과정에서 정당방위로 포장해서 상대방을 죽일 수 있을지도 모른다.

"전에도 이런 비슷한 사건이 있었거든. 네가 나가고 나서 벌어진 사건이지만."

상대방을 정신적으로 피폐하게 함으로써 자신의 복수심을 채우려고 하는 행동.

"그게 원인이 뭔지 알 수는 없지. 파고들기에는 시간도 부족하고."

중요한 것은 그 미친놈을 막는 것이다.

"그러니까 우리가 먼저 움직여 보자고."

"하지만 막을 수 있을까?"

"막아야지. 안 그러면 많은 피가 흐를 테니까."

물론 노형진은 자신의 피를 흘릴 생각은 눈곱만큼도 없었다.

⚖

후불로, 그것도 이겼을 때 받는 조건으로 소송을 수임하러 갔을 때, 노형진은 사건의 내막을 자세하게 알 수 있었다.

"피해자인 아이를 폭행으로 살해하고 시신을 유기했다라……."

가해자인 서장필은 사람을 구타해서 죽게 만들었다.

그 죽은 사람의 아버지가 바로 그 당시 조롱을 받던 주신호였다.

"그 서장필이라는 놈이 왜 그런 짓을 한 건지 아십니까?"

"형님은 원래 학교 선생님이었어요."

"학교 선생님요?"

"네."

그리고 학교 폭력 사태가 터졌을 때, 다른 사람들은 사건을 어떻게 해서든 덮으려고 발악을 했지만 주신호는 그냥 두고 보지 않았다.

그럴 수밖에 없는 게 피해자가 쉰 명이 넘고 그 피해 금액만 해도 4,800만 원이었으니까.

그건 학생이라고 봐줄 수가 없는 수준이었다.

"학교에서 은폐하려고 하자 주 형님이 경찰을 불러들였죠."

그리고 모든 증거를 복제해서 경찰뿐만 아니라 검찰에까지 들이밀었다.

"검찰에까지라……."

검찰에 증거가 들어간 이상 어쭙잖은 처벌만 내리고 끝내는 건 분명 경찰에게도 부담이 되었을 것이다.

"그래서 서장필이 처벌을 받았죠."

그래 봐야 5호 처분이었지만.

하지만 그렇게 밉보인 것이 문제였다. 학교 이사회는 다른 핑계를 잡아서 주신호를 해직했다.

"그리고 서장필이 형님의 여덟 살 먹은 애를 때려죽인 거죠."

"네? 고작 여덟 살짜리를요?"

손채림은 그 이야기를 듣다가 깜짝 놀랐다.

주신호의 나이가 적지 않아서 죽은 아이가 그리 어릴 줄은 몰랐던 것이다.

"막둥이였습니다. 제가 돌잔치도 갔다 왔던 애죠."

남자는 쓸쓸하게 웃으며 들고 있던 종이컵에 남아 있는 믹스 커피를 쭈욱 들이켰다.

"그리고 그 미친 새끼는 무죄로 풀려났지요. 그 이후는 아실 겁니다."

"네, 저도 사건 기록을 봤습니다."

사건 기록을 보면 확실히 검찰은 최선을 다했다.

사실 정상적인 검사라면 최선을 다할 수밖에 없는 사건일 거다.

고작 여덟 살짜리 애가 스무 살짜리 성인에게 맞아 죽었다.

그것도 누가 봐도 아버지인 주신호에 대한 보복으로 말이다.

"검사도 최선을 다했다고 하지만요……."

옆집의 남자는 긴 한숨을 내쉬었다.

"판사가 뭐 들어 처먹지를 않더만요."

노형진은 쓰게 웃었다. 그럴 수밖에 없었으니까.

"법무 법인 태양이었으니까요."

그들이 벌써 판사에게 손을 써 둔 후였을 것이다.

검사의 경우는 워낙 정의감이 투철해서 손대지 못했다고 해도, 결국 판결을 내리는 것은 판사다.

그러니 판사만 주무르면 답을 정할 수 있다.

"네, 그래서 증거 불충분으로 무죄가 나왔습니다."

물론 현장에는 카메라도, 증인도 없었다.

하지만 상식적으로 사람이 없는 공사 현장에서, 그것도 집에서 20킬로미터나 떨어진 곳에서 죽은 아이가 발견된 것은 우연이 아니다.

"그리고 대부분의 간접증거는 모조리 부정되었고 말이죠."

애석하게도 미리 준비한 살인이기에 서장필의 유전자나 특정 범죄를 증명할 수 있는 증거는 하나도 남아 있지 않았다.

"그런 미친 새끼를……."

손채림은 부끄러움에 차마 고개를 들 수가 없었다.

아버지 손하균이 돈만 된다면 악마도 변호해 줄 사람이라는 걸 알고는 있었지만, 고작 여덟 살짜리를 보복으로 살해한 사람을 보호할 줄은 몰랐던 것이다.

"사건 기록은 저희도 이미 확인해 봤습니다. 검사는 최선을 다했더군요."

1심에서 항고했지만 2심에서도 증거 불충분으로 패배.

3심을 신청했지만 3심은 기각.

그렇게 그의 손을 떠나 버린 사건이었다.

"그런데 그 이전에는 자기가 안 죽였다고 그렇게 주장하던 놈이, 3심이 딱 끝나자마자 돌변하더군요."

"자신이 처벌받지 않는다는 걸 알았을 테니까요."

그리고 자신이 상대방에게 복수했다는 걸 알리고 싶었을 테니까.

"도대체 그 서장필이라는 놈, 부모가 누구이기에 이렇게 일이 막장이 되도록 둔답니까?"

"서장필의 부모요? 뭐, 말로는 작은 회사를 한다는데요. 형님이 말을 잘 안 해요. 하긴, 하고 싶겠습니까?"

자기 자식을 때려죽인 놈을 생각할 때마다 열불이 터질 테니까.

"작은 회사요?"

작은 회사를 하는 사람이 이렇게 사람을 통제할 수는 없다.

더군다나 서장필이 하는 행동을 봐서는 아무리 봐도 그가 믿고 있는 백이 단순히 작은 회사는 아닐 듯하고 말이다.

"아무래도 이 사건은 저희가 검사를 좀 만나 봐야겠군요."

"방금은 사건을 수임하겠다고 하지 않았습니까?"

"그랬지요."

"그런데 왜 검사를 만나겠다는 겁니까? 겁이라도 나는 겁니까?"

"그럴 리가요. 보안 때문입니다."

만일 여기서 다시 수임한다고 하면 또 무슨 짓을 할지 모른다.

"일단은 사건 내부의 정보가 너무 부족합니다. 이런 공식 기록에 나오는 건 서장필에 대한 정보가 끝이지요. 하지만 우리가 싸우는 대상은 서장필이 아니라 그 부모입니다. 그들에 대해 잘 알아야 전략을 세울 수 있습니다."

"끄응……."

"검사가 실수한 게 그 부분일 겁니다."

대부분의 검사는 사건을 해결할 때 그 당사자만 생각한다.

하지만 돈이 좀 있는 집안의 경우 그가 상대하는 것은 집안 전체와 그들이 가진 돈 전부다.

⚖️

노형진은 담당 검사를 만났다.

그리고 그 검사가 누군지 알고 쓰게 웃었다.

"서태웅 검사님, 찍히셨나 봅니다."

"핫핫핫!"

서태웅 검사는 노형진의 말에 크게 웃었다.

그는 과거에 노형진과 함께 잠깐 일했던 검사였다.

물론 그때는 스타 검사 프로젝트도 없었던 시절이라 프로젝트와는 관계없지만 말이다.

그는 어디에도 소속되지 않는 독고다이식 스타일이기 때

문이다.

"이런 사건을 떠넘기는 거 보니까 아주 제대로 찍히셨네요."

"어딜 가나 외로운 늑대는 힘든 법이죠."

"그렇기는 하지요."

노형진은 고개를 끄덕거렸다.

그는 서장필이 대통령의 외아들이라고 해도 감방에 넣으려고 발악했을 사람이니까.

"그나저나 서장필 사건을 알고 싶으시다고?"

"네, 기억하실지 모르겠습니다만."

"기억하고말고요. 제가 그 새끼 보내 버리려고 별짓을 다 했는데요, 뭐."

하지만 결국 실패했다.

그의 변호사들이 너무나 방어를 잘했기 때문이다.

"더군다나 재판부도 그 새끼들 편이었고요."

"도대체 어떻게 된 겁니까?"

"그 새끼가 아주 작심하고 준비한 거라서요."

"계획 살인이라는 거군요."

"네. 그래서 도리어 증거를 잡기가 쉽지 않았습니다."

차라리 욱해서 죽인 거라면 모를까, 작심하고 설계한 사건이다 보니 잡는 게 쉽지가 않았다.

"그래도 너무하다 싶을 정도로 편파 수사가 이루어졌던데요."

노형진은 처음에는 초보 검사가 아무것도 모르고 덤볐다

가 깨진 건 줄 알았다.

하지만 다른 사람도 아니고 서태웅이라면 그럴 가능성은 낮아진다.

"도대체 부모가 누군데요? 작은 회사를 하는 사람이라면서요?"

"작은 회사 하는 사람 맞아요."

"네?"

노형진은 이해가 가지 않는다는 표정으로 되물었다.

작은 회사를 하는 사람이 그 정도 힘을 가지고 있기는 쉽지 않으니까.

"설마 친척 중에 어마어마한 재벌이나 정치인이 있다거나……?"

"아니요. 그것도 아닙니다. 진짜 작은 회사를 운영해요."

"그런데 일을 이 정도로 막을 수 있다고요? 도무지 이해가 안 가는군요."

서태웅 검사는 고개를 끄덕거렸다. 자신도 이해가 가지 않았으니까.

하지만 그 회사의 진실을 알았을 때, 그럴 수도 있다고 고개를 끄덕거렸다.

"그 회사의 규모가 문제가 아닙니다. 그 회사가 하는 일이 문제죠."

"그게 무슨 소리입니까?"

"회사 자체는 작습니다. 직원은 기껏해야 스무 명이나 될까요? 하지만 변호사 사무실입니다."

"아……."

노형진은 머리가 지끈거렸다.

변호사란다. 자신과 같은 변호사.

일이 이쯤 되면 감이 온다.

"설마 그 새끼, 청계 소속이었습니까?"

"네."

"이런 씨발."

저절로 욕이 나왔다.

그럴 수밖에 없다.

그가 없애 버린 청계, 그 그림자가 아직도 따라붙고 있었기 때문이다.

"어쩐지 서장필 그 녀석이 깝치더라니."

대부분의 사람들은 무죄가 떨어지면 자신이 사람을 죽였다고 떠들어도 처벌받지 않는다는 걸 잘 모른다.

그래서 다들 쉬쉬하면서 살아간다.

하지만 서장필은 그러지 않고 끊임없이 주신호를 괴롭히고 있었다.

그 말은, 자신이 처벌을 받지 않는다는 걸 안다는 것이다.

그리고 일반적으로 변호사들은 그런 사실을 이야기해 주지 않는다. 일반적으로는 말이다.

"하지만 부모가 변호사라면 이야기가 다르겠지요."

요즘은 애가 잘못해서 주변에서 뭐라고 하면 우리 애 기죽게 왜 그러냐면서 도리어 부모가 덤비는 시대다. 그러니 자기 애 겁먹지 않게 이제 너 처벌받지 않는다고 이야기해 줬을 수도 있다.

하지만 노형진이 생각하는 건 그 이상이었다.

'설계 전문가.'

청계의 상부는 처벌받았지만 아래쪽은 처벌받지 않았다.

그중에는 분명 설계 전문가가 있을 것이다.

'그 미친 새끼들이 남을 위해서도 설계를 해 주는데 자기 자식을 위해 설계를 안 해 줄 리 없지.'

물론 정상적인 사람이라면 자식을 위해 살인을 설계해 준다는 것은 말도 안 되는 소리다.

하지만 다른 곳도 아니고 청계다.

그곳에서 정상을 따져 가면서 '에이, 설마.'라고 하기에는, 그들이 저지른 범죄가 너무 터무니없었다.

"그런데 이상하군요. 그렇게 설계를 잘했다면 걸리지 않았어야 하지 않습니까?"

"잘했지요. 네. 사실 한 가지만 빼면 완벽했습니다. 그게 아니었다면 아마도 영구 미제로 남았을 겁니다."

"뭔데요?"

"신발요."

"신발? 그게 왜……."

미드에서는 신발 자국으로 범인을 특정하는 경우가 많다.

하지만 현실적으로 그건 결정적 증거가 되기 힘들다.

대부분의 신발은 공산품이고 사이즈가 맞춰져서 나오기 때문이다.

그래서 드라마와 다르게 신발은 강력한 증거가 되지 않는다.

다만 오래 신은 경우 사람이 걷는 방식에 따라 신발이 닳는데, 그건 그의 걸음걸이에 따른 거라 닳은 흔적이 증거가 되곤 한다.

"그 닳은 게 증거가 된 겁니까?"

"아니요. 그건 아닙니다. 현장에서 신발 자국이 나왔는데, 우리나라에 딱 다섯 켤레가 있더군요."

"네?"

노형진은 어안이 벙벙했다.

"에어맥스제던 시리즈 308이라는 모델인데요. 전 세계 한정판으로 총 2만 개만 생산되었습니다."

"그걸 어떻게 아신 겁니까?"

"저도 나름 발악이라는 걸 해 봤습니다."

그리고 조사 결과, 한국에는 고작 다섯 켤레밖에 없다는 걸 알아냈다.

"신발이라, 허."

"그런 신발은 보통 수집용이더군요."

누군가는 우표를 모으고 누군가는 옛날 화폐를 모으듯이 누군가는 신발을 모은다.

그리고 에어맥스제던 시리즈는 그러한 수집용 신발이었다.

"그중 네 명은 진짜 수집용으로 구입해 보관하고 있었습니다."

그들은 주신호와 한 점의 연관성도 없었고 살인을 할 이유도 없는 사람들이었다.

한 명은 재벌가였고 두 명은 연예인이었으며 한 명은 유명 농구 선수였다.

"나머지 한 명이 서장필이었습니다."

수집용 신발이라고 해서 신지 말라는 법은 없다.

아니, 도리어 수집용이기에 기술을 총동원해서 최대한 좋게 만든다.

"그걸 신었어요?"

"네. 검찰에 출석할 때도 그걸 신고 왔습니다."

신발도 추적 대상이 된다는 걸 몰랐던 서장필의 실수였다.

그래서 그가 범인으로 특정된 것이다.

"기록에 따르면 그 녀석의 취미가 신발 수집인 모양이더군요. 물론 다른 사람들과 다르게 신고 다니는 모양이지만요."

노형진은 고개를 끄덕거렸다.

상황이 이해가 갔다.

그 정도로 관리되는 상품이라면 본사에서도 구매 기록을 남길 수밖에 없다.

분명 짝퉁을 만들어서 팔려는 놈이 있을 테니까.

"본사에도 확인해 보셨겠군요."

"네. 다섯 켤레의 신발 중 하나를 서장필이 구입한 기록이 있습니다."

"그 정도면 충분히 증거가 될 것 같은데요."

신발이 결정적인 증거가 되지 못하는 이유는 그게 공산품이라 사람들을 구분할 수 있는 방법이 없기 때문이다.

사이즈가 270짜리인 똑같은 신발이 전국에 몇만 개씩 될 테니까.

하지만 서장필의 신발은 전국에 다섯 켤레뿐.

그나마도 나머지 네 켤레의 주인들은 알리바이가 증명되어 배제되었으니, 이는 충분한 증거가 될 수밖에 없다.

"저도 그렇게 생각했지요."

법적으로 볼 때 그 정도면 충분히 특정할 증거로 인정된다.

하지만 상대방 변호사는 그 신발이 짝퉁이라는 논리를 들고나왔다.

"하아, 그런 식으로 보면 어떤 증거도 인정되지 않을 텐데요."

"문제는 실제로 증거로 백 개나 되는 짝퉁을 들고 왔다는 겁니다."

똑같은 짝퉁 백 개가 있으니 다른 누군가에게 짝퉁이 있을 가능성이 너무 높아졌다.

그리고 공산품 중에 이렇게 대량생산 된 물건은 결정적 증거가 될 수가 없었다.

"재질이야 다르겠지만 일단 짝퉁이라고 해도 바닥 부분은
같으니까요."

신발은 바닥의 무늬에 따라 구분한다.

물론 짝퉁이 원본과 재질이 같을 리 없지만, 무늬가 같으
면 아무래도 같은 것으로 볼 수밖에 없다.

그 결과 유일한 증거는 힘을 잃었고, 결국 서장필은 무죄
로 풀려났다.

"그런데 풀려난 후에 돌변했다 이거죠?"

"네."

노형진은 눈을 찌푸렸다. 대충 상황이 이해가 가기 시작했
으니까.

"아마도 그 변호사 역시 청계 출신일 테고요."

"맞습니다. 그들이 그만뒀다고 해서 그들의 썩어 빠진 마
인드가 사라진 것은 아닐 테니까요."

노형진은 입맛을 다셨다.

어지간한 경우가 아니면 변호사 자격은 박탈당하지 않는다.

주범들이야 처벌받았지만, 종범들은 처벌받기는커녕 여전
히 승승장구하고 있는 상황.

"새로운 증거나 증언은 찾지 못하셨습니까?"

"그걸 찾았다면 벌써 그 새끼를 감방에 넣었겠지요."

현행법상 그가 다시 재판을 받게 하기 위해서는 새로운 증

거나 새로운 증언을 찾아야 한다.

"이거야 원."

노형진은 긴 한숨을 내쉬었다.

만만한 상대가 아니었다.

"제가 좀 도와드려도 될까요?"

"아는 사람이 있습니까?"

"일단 저도 청계 출신 중에 아는 사람이 있으니까요."

그리고 상대에 대해 잘 안다는 것은 이쪽에서 방법을 찾을 수 있을지도 모른다는 뜻이었다.

⚖️

"서중도 변호사요?"

"네. 같이 청계에 있지 않았습니까?"

손예은은 원래 청계 소속 변호사였다.

물론 그녀가 범죄를 짜 준 것은 아니었다. 그때는 그저 일개 변호사였으니까.

"입사할 때도 말했지만 저는 일개 변호사였습니다. 그런 핵심 비밀에 접근할 수 있는 사람이 아니었지요."

"그러면 서중도 변호사는요?"

"서중도는 핵심 라인에서 비껴가기는 했지만 그래도 상당히 고위직이기는 했습니다."

손예은은 노형진의 질문에 담담하게 답했다.

이제는 사라진 청계. 그곳에 대한 안 좋은 소문을 그녀가 모를 리가 없다.

"그러면 의심스럽다거나 한 건 모르겠군요."

"일개 변호사인 저에게 발각될 정도였다면 노 변호사님에게 당하기 전에 청계가 날아갔을 겁니다."

"하긴……."

노형진은 씁쓸하게 웃었다.

청계는 범죄를 설계해 주고 증거를 인멸해 주는 데 아주 도가 튼 놈들이다.

그런 놈들인 만큼 비밀을 감추는 데 아주 능숙할 수밖에 없다.

"하지만……."

"소문이라도 들은 게 있으십니까?"

손예은은 고개를 흔들었다.

"소문은 아닙니다. 아까도 말씀드렸지만 그런 소문이 돌 수 있는 구조가 아니었으니까요."

"그러면요?"

"보통 장길수 이사님과 같이 일했습니다."

"장길수?"

"네. 지금은 감옥에 가 있지요."

그 말은, 장길수가 범죄 설계를 담당하는 사람들 중 한 명이었다는 소리다.

그런 그와 서중도가 자주 일했다는 사실이 뜻하는 건 간단하다.

"행동대장 정도 되는 존재일 가능성이 높군요."

"네, 그랬을 수도 있지요.."

손예은은 그 말을 하다가 눈을 찌푸렸다.

"하지만 서중도가 실력이 좋은 변호사는 아니었던 걸로 기억합니다만."

"네?"

"범죄에 대해서는 잘 모르지만, 어찌 되었건 로펌이라는 곳도 사회조직이니까요."

그래서 개개인에 대해서는 소문이 돌 수밖에 없다.

"무능하고 욕심 많은 사람이라는 소문이 있었지요."

"손예은 변호사님이 그런 걸 캐는 스타일은 아닐 텐데요?"

"제가 떠들지 않는다고 해서 주변에서 떠드는 말을 귀 막고 안 들을 이유도 없으니까요."

"무슨 뜻인지 알겠습니다."

손예은 변호사의 평가에 의하면 서중도는 법을 단순하게 해석하는 타입이다.

쉽게 말해서 범죄를 설계하거나 할 정도의 창의력은 가지고 있지 않다고 한다.

'그냥 국영수를 잘하는 타입의 변호사로군.'

국영수를 잘하는 변호사들은 외우는 건 잘한다.

그래서 사법시험을 잘 보지만, 반대로 법에 대해 해석을 잘 못한다.

그래서 이슈화되는 많은 판결들이 그런 스타일의 판사들에게서 나온다.

사회 경험도 없고 독해 능력이 떨어지다 보니 다른 생각을 못 하기 때문이다.

"그렇단 말이지요."

노형진은 머리를 긁적거렸다.

처음에는 서중도가 범죄를 설계했을 거라 생각했다.

하지만 그런 타입이라면 범죄를 설계하는 것에는 한계가 있다.

'그냥 우연인가?'

노형진이 진짜 우연인가 하고 고민하는 그 순간, 생각난 듯 손예은이 갑자기 벌떡 일어났다.

"잠깐 통화 좀 하고 오겠습니다."

"네? 아니, 갑자기 왜요? 무슨 일 있습니까?"

"확인해 볼 게 있습니다."

"확인해 볼 거라 하신다면?"

노형진은 고개를 갸웃했다.

하지만 손예은 변호사는 다급한 듯 바깥으로 나갔고, 그대로 30분이 넘게 들어오지 않았다.

"뭐지?"

홀로 남은 상황에서 노형진은 멍하니 식어 버린 커피 잔을 보면서 시간을 보내야 했다.

그리고 30분 후 평소와 같은 모습으로 돌아온 손예은 변호사.

"갑자기 뭘 확인해 보신다는 건가요? 이번 사건과 관련된 겁니까?"

"그럴지도 모르겠습니다. 출소 사실을 확인하고 왔습니다."

"출소요?"

"네."

손예은 변호사의 태도는 담담했지만 그녀의 입에서 나온 말은 충격적이었다.

"장길수가 출소했다고 하네요."

"네? 잠깐만요, 그게 무슨 말이지요?"

"기억하실지 모르지만, 모든 대표들에게 동일한 처벌이 내려진 것은 아닙니다."

물론 빼도 박도 못할 범죄를 저지른 사건들에는 어쩔 수 없었지만, 그 당시 정부에서도 그걸 어떻게 해서든 덮으려고 많이 노력했다.

노력을 한다고 해서 덮일 수준이 아니기는 했지만 그래도 축소를 하는 데에는 성공했다.

그럴 수밖에 없었다.

그들과 엮여 있던 범죄자가 한두 명이 아니었으니까.

적지 않은 숫자의 정재계 사람들이 그들에게 부탁해서 범죄를 설계했으니까.

"장길수는 얼마 전에 가석방으로 풀려났다고 하더군요."

노형진은 눈을 찌푸렸다.

가석방. 노형진이 감안하지 못한 사항이었다.

가석방이란 임시로 하는 석방을 말한다.

원래는 모범적인 수형 생활로 개도되었다고 생각해서 풀어 주는 것이지만, 현실은 포화 상태에 다다른 감옥에서 자리를 만들어 내기 위해 하는 경우가 상당히 많았다.

'그리고 사건이 잠잠해지면 풀어 주는 용도로도 많이 쓰지.'

재벌가나 정치인은 1심에서 징역 1년 6개월 정도 때리고 2심에서 집행유예로 풀어 주는 것이 사실상 정석이 된 상황이다.

아무리 해도 그 정도로 풀어 줄 수 없는 경우에는 일단 감옥에 보냈다가 가석방으로 풀어 주는 것이 보통이고.

"설마?"

"네, 혹시나 해서 알아봤습니다. 죄질이 너무 무거운 상당수를 제외하고는 가석방되거나 가석방 심사 중이라고 합니다. 형량이 적은 사람들은 이미 풀려났고요."

노형진은 눈을 찌푸렸다.

그가 청계를 날려 버렸다고 하지만 그들이 감옥에 간 후에까지 계속 감시를 할 수는 없었다.

애초에 일이 너무나 많았으니까.

"그러면 방금 연락을 하신 건……?"

"저도 아는 사람들이 있으니까요. 그런데 그 사람이 재미있는 소리를 하더군요."

"재미있는 소리요?"

"그 당시에 변호사 자격을 상실하지 않은 사람들이 기존 직원들 중에서 일부를 다시 스카우트하고 있답니다."

"일부를 다시 스카우트한다……."

노형진은 피식 웃었다. 뭔지 알 것 같았다.

"청계가 다시 돌아온 것 같군요."

손예은은 말없이 고개를 끄덕거렸다.

동종 수법 전과자가 1순위다

"청계 놈들이 돌아온다고?"

송정한은 얼굴이 딱딱하게 굳었다.

노형진이 청계를 날린 것은 사실이다.

하지만 그 과정에서 새론 역시 그들을 날려 버리는 데 일익을 담당했다.

"그런 것 같습니다. 쉬쉬하면서 모으는 모양입니다만."

"쉬쉬하면서 모은다라……. 무슨 뜻인지 알겠군. 바지 사장을 세우겠다 이거지."

물론 주역들은 변호사 자격을 박탈당했다.

하지만 그렇다고 해서 그들의 지식까지 사라진 건 아니다.

그러면 다른 범죄자들이 많이 하는 것처럼 적당한 대가를 주고 바지 사장, 즉 다른 변호사를 전면에 내세워도 된다.

"그리고 그 당시 기록상으로는 그들이 저지른 범죄가 많지 않았지요."

"무슨 뜻인지 알겠네. 이거 심각하군."

노형진의 예상으론 법무 법인 청계가 저지른 범죄가 한둘이 아니었다.

하지만 그 당시 드러난 사건 자체는 많지 않았다.

사실 그게 다 드러났다면 죄다 사형이 언도되어도 할 말이 없었을 것이다.

"아마도 관련 자료는 따로 감춰 놨겠지요."

"이건 심각한 상황이네. 무슨 뜻인지 알지? 청계가 다시 일어나면 우리를 가만두지 않을 거야."

노형진뿐만 아니라 새론 그리고 송정한까지, 그들은 어떠한 방법을 써서라도 보복을 할 것이다.

"그리고 이번에는 제대로 도와줄 사람들이 많지."

그 전에는 부지불식간에 당해서 그들을 도와줄 사람이 많지 않았다.

그렇기에 그들이 이런 식으로 모인다는 것은 한 가지를 의미했다.

"경찰도 검찰도 찾지 못했다고 한 그 기록, 그게 어딘가에 있기는 한 거군요."

경찰도 검찰도 결국 청계의 범죄 장부를 찾지 못했다.

청계는 바보가 아니었다.

범죄자들을 돕고 돈과 권력을 쥐여 주어 그들을 지배함으로써 대한민국 전체를 지배하려고 했던 놈들이다.

그런 놈들이 그에 관련된 서류를 남겨 두지 않았을 리 없다.

그게 남아 있어야 그들을 지배할 수 있을 테니까.

서류뿐만 아니라 증거 역시 남겨 놨을 것이다.

"그리고 그게 그들의 손에 다시 들어갔다면……."

송정한은 심각한 얼굴이 되었다.

"그러면 까딱 잘못하면 대한민국 전부가 우리의 적이 될 수도 있네."

물론 새론 역시 여러 사람과 손잡았다.

하지만 새론은 그들에게 이익을 줄 수 있지만 청계는 그들을 파멸시킬 수 있다.

그런 상황에서 그들이 어느 쪽을 선택할지는 뻔하다.

더군다나 새론은 기본적으로 상대방이 악인이라고 하면 손잡지 않는다.

나중에 그게 더 큰일로 돌아오는 걸 알기 때문이다.

하지만 청계는 정반대이다.

그리고 공격을 할 때 효과만 있다면 사람 한둘 죽는 것쯤 은 신경도 쓰지 않는 악인들이다.

"나도 좀 알아봐야 하나?"

"안 됩니다. 정치인들 중에서 누가 청계와 손잡았는지 알 수 없습니다. 정말 청계가 돌아온 거라면 그들이 송 의원님을 감시하고 있을 겁니다. 그 상황에서 청계에 대해 알아본다면 우리가 알아차렸다고 생각하고 공격을 할 겁니다."

"으음……."

노형진의 말에 송정한은 신음을 흘렸다.

틀린 말이 아니다. 가끔 어떤 정치인들과 이야기를 하다 보면 흠칫한 느낌이 들기도 한다.

마치 필요하다면 너도 죽일 수 있다는 생각을 하는 듯한 살기가 느껴진다.

물론 겉으로는 고고한 척 깨끗한 척 웃고 있지만, 수년간 판사와 변호사로 일한 그가 봤을 때 그들의 내면에는 강한 어둠이 자리 잡고 있었다.

"일단은 서중도를 추적하면서 우리는 모른 척해야 할 것 같습니다."

"일단은 그게 좋겠군. 그런데 청계에서 서중도를 도와준 이유가 뭐라고 생각하나?"

"아마도 바지 사장 같은 걸로 삼으려고 하는 거겠지요."

"그거야 나도 알고 있네. 하지만 그럴 수 있는 변호사가 한두 명도 아니고 말이야."

사건의 형태를 봐서는 이건 살인 단계에서부터 치밀하게 구성된 사건이다.

우발적으로 납치 살인한 게 아니다.

그 말은 살인을 청계가 설계했다는 뜻이다.

'아무리 생각해도 말이 안 되는데.'

물론 서중도가 보복을 한 것일 수도 있다.

하지만 살인?

아무리 막장 부모라고 하지만 그래도 변호사다.

그리고 아들이 처벌을 받았다고 하지만 살인까지 불사할 정도로 크게 처벌받은 것도 아니다. 그 당시에는 미성년자였으니까.

'더군다나 벌써 몇 년이 지난 일인데…….'

그런데 이제 와서 그가 살인을 했다.

원한을 절대로 잊지 않는 전형적인 소시오패스 성향을 보인다.

'그것까지는 이해하겠는데.'

소시오패스가 한두 명이 아니고, 변호사 자식이라고 해서 소시오패스가 아니리라는 보장도 없다.

도리어 법 따위는 가뿐하게 무시하는 변호사의 자식이니 배운 게 그럴 수도 있다.

'하지만 이 정도는 말이 안 된단 말이지.'

주신호에게 원한을 가진 것은 서중도가 아니라 서장필이다.

보복을 주장할 수야 있겠지만, 아들인 서장필이 살인을 주장한다고 해서 살인을 하게 해 줄 리 없다.

더군다나 청계는 이제 막 다시 뭉치기 시작했다.

그런데 자신들을 드러내면서 살인을 설계해 주는 것은 상당히 위험한 행동이다.

"이 상황이 도무지 이해가 가지 않지만 일단 한 가지는 확실하네요."

청계가 다시 돌아올 생각이고, 그때는 자신들이 결코 안전하지 못할 거라는 것 말이다.

"싸움을 준비해야 할 것 같습니다."

⚖️

노형진은 일단 주신호에게서 사건을 수임했다.

그리고 배후에 청계가 있다는 사실을 확신했다.

"더 이상 찾아오지 않는다고요?"

"네, 갑자기 안 찾아오네요. 잠수를 탄 것처럼요."

"흠……."

사실상 살인으로 처벌받을 방법은 없다.

그래서 와서 도발하면서 주신호의 속을 긁었다.

"그런데 갑자기 안 온다라……."

노형진은 옆집 남자에게 이야기를 들으며 턱을 문질렀다.

주신호는 그 미친놈에게 벗어나 쉬어야겠다면서 가게를 쉬고 제주도로 떠났기 때문이다.

이럴 줄 알았으면 갈 필요가 없었는데 말이다.

"왜 그런지는 잘 모르겠어요. 제주도에 간 걸 알았나?"

"그건 아닐 것 같고요."

노형진은 대충 상황이 이해가 갔다.

'우리가 끼어든 걸 들은 거야.'

어떻게 보면 새론은 청계 출신들에게는 천적이나 마찬가지다.

당연히 그들은 새론과 연관되는 것을 극도로 꺼릴 수밖에 없다.

'그럼 점점 더 이상해지는데.'

한데 그렇게 되면 상황이 더 이해가 안 간다.

서중도가 서장필을 통제하고 있다고 보기는 힘들다.

지금까지의 패턴을 보면, 아무리 서중도가 막장이라고 해도 이 정도까지 방치할 리가 없다.

'정신 나간 서장필이라면 수임하고 상관없이 와서 깐죽거렸을 텐데.'

하지만 자신들이 연관되자마자 바로 꼬리를 말고 잠수를 타 버렸다.

'그 말은 우리 소식을 들었다는 건데.'

서장필이 그걸 들었다고 해서 '아이고, 죄송합니다. 꼬리 말겠습니다.'라고 할 놈은 아니다.

그렇다면 청계가 서장필에게 강력하게 경고했다는 거다.

'그러면 사이에 서중도가 끼지 않았다는 건데?'

서장필이 직접적으로 청계와 연관되어 있다면 모를까, 그렇지 않다면 이 상황이 성립되지 않는다.

물론 서중도가 중간에 끼어서 통제할 수도 있지만, 그럴 수 있었다면 이미 통제에 들어갔어야 한다.

"아, 씁⋯⋯."

"왜 그러십니까?"

"아니요. 아닙니다. 하하하."

노형진은 자신도 모르게 머리를 부여잡고 비명을 지르다가 대충 얼버무렸다.

"이 사건은 여러 가지로 이상한 게 너무 많아서요."

정상적인 구조로 돌아가지를 않으니 감조차도 못 잡을 판국이다.

"조금 더 사건을 추적해 보고 오겠습니다."

결국 노형진이 할 수 있는 말은 그 정도뿐이었다.

⚖️

"이해가 안 가?"

오광훈은 노형진의 고민에 찬 말에 뭔 소리인가 하고 국밥을 먹다가 고개를 들었다.

"그래. 지금 상황을 보면 말이야, 청계가 서장필에게 질질 끌려다니는 판국이란 말이지. 그런데 그럴 이유가 없어. 청계가 어떤 곳인데?"

필요하면 눈 하나 깜짝하지 않고 사람도 죽일 놈들이 바로 청계다.

그런 놈들이 성인이 된 지 얼마 되지도 않은 어린놈에게 질질 끌려다닌다?

그렇다고 서장필이 천재적인 재능을 가지고 있는 것도 아니다.

노형진이 조사한 서장필은 그냥 말 그대로 개놈일 뿐이다.

성적도 바닥이었고 할 줄 아는 건 빼앗고 괴롭히는 것뿐인 그런 일진이었다.

"당장 대학도 가지 못해서 집에서 놀고 있어."

한국에서 대학 입학률은 70% 정도라고 한다.

자식의 공부에 관한 한 부모는 전폭적인 지원을 아끼지 않는다.

하물며 부모 양쪽 모두 변호사다.

그런데 대학을 못 갈 정도면 얼마나 공부에 관심이 없는지 보여 주는 대목이다.

"지금도 매일같이 술집이나 클럽만 다닌다고 하는데 말이지."

혹시나 해서 감시를 붙였지만 역시나다.

클럽에 가서 노는 날이 클럽에 안 가는 날보다 많다.

노형진은 그렇게 말하면서 영 입맛이 없는지 수저를 내렸다.

그동안 말이 안 되는 사건을 참 많이 해결했지만 지금처럼 말이 안 되는 사건은 처음 봤으니까.

"더 웃긴 건 뭔지 알아? 씀씀이가 통제가 안 된다는 거야."

"그게 뭔 소리야?"

"서중도의 차가 뭔지 알아? 국산 대형이야. 그런데 서장필 차가 뭔지 알아? 수입 스포츠카야. 상식적으로 말이 안 된다고."

서중도가 아무리 통제를 못한다고 해도 그건 어디까지나 행동에 관한 거지, 돈은 안 주면 그만이다.

그런데 그것도 통제 못한다.

"상식적으로 서장필이 그런 차를 끌 수 있는 능력이 안 된다고. 애초에 서중도가 많이 번다고 하지만 그런 걸 유지하는 건 불가능해."

서중도는 실력이 좋은 변호사가 아니었다.

더군다나 청계의 비밀이 폭로된 후에 변호사들 사이에서는 한동안 청계를 꺼리는 분위기가 생겼고, 그래서 서중도는 현재 작은 로펌을 운영하면서 변호사로서 아내와 함께 일하고 있다.

그나마도 청계에서 튕겨 나온 사람들을 모아서 꾸린 회사다.

"그런데 요즘 그쪽 경기가 얼마나 안 좋은데."

워낙 청계가 시끄러웠기 때문에 그걸 명함에 경력이라고 올릴 수도 없는 판국인지라 경력을 증명할 수 있는 상황이 아니라서 의뢰인도 많지 않다.

"그런데 수입 외제 차? 그건 불가능해."

물론 경험이 많은 변호사니까 어떻게든 먹고살 수는 있겠지만 말이다.

"마치 청계 전부가 서장필에게 질질 끌려다니는 느낌이란 말이지."

"그 애들 특기가 범죄 구성이라면서?"

"그러니까, 내 말이 그거야. 쥐뿔 아무것도 없는 새끼라고."

서장필이 미래라도 있는 놈이라면 이해한다. 어떻게 해서든 그를 잡아서 약점을 쥐고 흔들려고 할 테니까.

하지만 미래도 없는 막장이 바로 서장필이었다.

"뭐, 그러면 뻔하네."

노형진이 이해하지 못하는 사건을, 오광훈은 의외로 간단하게 결론을 내렸다.

"딱 그거잖아. 약점 잡혔네."

"약점? 누가? 청계가?"

"그래. 청계란 새끼들이 아주 나쁜 새끼들이라고 알고 있기는 하지만 말이야."

오광훈은 거기까지 말하고 후루룩 남은 국물을 들이켰다.

"그 새끼들이 나쁜 새끼들이고 마음에 안 든다는 것은 알 겠지만, 약점을 잡고 있을 수도 있지, 뭘."

노형진은 코웃음을 쳤다.

"말도 안 되는 소리야! 청계가 어떤 새끼들인데."

만일 청계에서 마음먹었으면 이미 서장필 일가는 죽은 목숨이다.

물론 그들이 힘이 빠지기는 했지만 설계할 때 써먹던 킬러나 조직까지 사라진 건 아니니까.

"뭘로 협박을 해? 죽인다고? 애초에 청계는 그런 걸로 겁먹을 놈들이 아니야. 대한민국을 음지에서 지배하려고 했던 놈들이라고. 그런데 협박에 넘어갔다고? 하!"

노형진은 고개를 흔들었다. 그건 말도 안 된다.

거기에다 서중도도 아니고, 새파랗게 어린 서장필에게 약점을 잡혀 협박을 당한다고?

"아마 그냥 죽여 버렸을걸."

"그럴 수도 있지만 말이야."

오광훈은 머리를 긁적거리다 말했다.

"에…… 이런 거 뭐라고 해야 하나?"

"응?"

"조직을 운영할 때 가장 조심해야 하는 새끼들이 누군지 알아?"

"누군데?"

"행동대장."

"행동대장?"

"그래."

그들은 조직에서 중간이다.

위로도 올라갈 수 있고 또 부하들을 통제하는 자리에 있는 놈들이다.

"그리고 대부분 그 자리에 있는 놈들은 야심이 있는 놈들이지. 만일에 대비해서 통수를 칠 뭔가를 확보하려고 하거든."

"그래서?"

"서중도도 행동대장급이었다면서?"

"그렇지."

"네가 청계의 위쪽을 족치기 시작했을 때, 놈들이 뭔가를 감추려고 했다면 누구를 썼겠어?"

노형진은 아차 싶었다.

자신이 청계와 싸우면서 주로 신경을 쓴 것은 윗놈들이었다. 중간에 있는 놈들은 그다지 신경 쓰지 않았다.

어차피 윗놈들을 날려 버리면 힘을 쓰지 못할 거라 생각했고, 실제로 그랬으니까.

하지만 오광훈의 입장에서는 좀 달랐다.

"내가 전에 말했지, 검사 생활하다 보니 보이는 게 있다고. 변호사도, 검사도, 일반인도, 깡패도, 다 인간일 뿐이더라. 자기들은 나름 다르게 행동한다고 생각하는 것 같지만 내가 보기에는 힘 가지고 지랄하는 건 깡패 새끼들이랑 똑같아."

"으음……."

비상사태가 터지고, 관련된 증거를 감춰야 한다.

상부에서 감추면 오히려 경찰이 찾아낼 가능성이 높아진다.

"하지만 행동대장이라면?"

사람들의 시선에서 벗어나 있는 그들은 움직이기가 훨씬 쉽다.

"더군다나 그 새끼, 무능한 새끼라면서? 내 경험상, 행동 대장은 무능하고 위로 못 올라갈 새끼가 최고로 좋아."

유능하면 뒤통수를 치려고 덤벼드니까.

"무능하면 그때로 돌아가고 싶어 하지."

당장 서중도가 그런 상황이었다.

"자…… 잠깐만."

노형진은 눈을 찌푸렸다.

서중도는 확실히 그 당시에 경찰의 수사망에서도 벗어난 인간이었다. 노형진도 신경도 쓰지 않았고 말이다.

"그러고 보니 증거가……."

그 당시에 청계가 저지른 범죄의 증거, 그걸 누구도 찾지 못했다.

어디에 있는지도 감도 잡지 못했다.

"협박이라고?"

만일 서중도가 그걸 감추는 데 동원되었다면?

그들은 검찰과 경찰에게서 실시간으로 사건의 수사 내역을 보고받았을 가능성이 높다.

"아예 모르는 사람에게 시키기에는 위험하지."

바보가 아닌 이상에야 그게 뭔지 모르지는 않을 테고, 그들이 도리어 검찰에 들고 갈 수도 있는 일이다.

노형진이 대충 감을 잡은 듯하자 오광훈은 손을 번쩍 들었다.

"아줌마! 여기 돼지국밥 하나 더 주세요!"

"돼지 새끼."

"왜? 맛있잖아? 그리고 이 정도는 힌트값으로 충분하지 않냐?"

"끄응······."

노형진은 고개를 끄덕거렸다.

노형진이 나름 범죄자 입장에서 생각한다고 하지만 범죄자 출신인 오광훈이 그들의 마음을 더 잘 알 수밖에 없었다.

"그리고 유능한 새끼한테 주면 어떻게 할 것 같냐?"

"그걸 쥐고 자기가 한국을 흔들려고 하겠지."

충분히 그럴 수 있을 테니까.

"결국 그걸 보관할 수 있는 새끼들은 의외로 몇 없을 수밖에 없어."

일단 멍청하고 간이 작아서 배신은 꿈도 못 꾸는 사람들.

거기에다 경찰과 검찰의 수사망에서 벗어나 있어야 하며, 그럼에도 불구하고 청계가 해 온 사업에 대해 알고 있어야 한다.

"청계가 얼마나 엄청난 곳이었는지는 잘 모르지만 그 숫자가 많지는 않았을 것 같은데?"

"확실히 규모가 큰 로펌은 아니었지."

그들은 소수 정예 전략을 썼다.

정확하게는, 비밀이 많은 조직이다 보니 아무래도 규모를 늘리는 데 한계가 있었다는 게 정확하다.

"거의 사람이 없겠네."

그리고 손예은에게 들은 서중도의 성격을 보면 딱 거기에 걸맞은 인간이다.

"설마 서장필이 그 증거를 손에 넣은 건가?"

"그럴지도. 너도 알잖아, 인간은 비슷하다는 걸."

아예 모르는 공간에 그런 걸 감춰 둘 사람은 없다.

서중도 역시 증거를 어딘가 자기만 아는 곳에 감췄을 것이다.

"하지만 그곳은 서장필 또한 아는 곳일 수도 있지."

어린애라면 모를까, 성인이 된 서장필은 충분히 그런 곳을 돌아다닐 수 있고 그곳에서 뭔가를 발견했을 수도 있다.

그리고 그런 상황이라면 당연히 그걸 손에 넣었을 테고.

"청계에서는 죽일 수도 없겠군."

단순히 알기만 한 거라면 죽여 버리면 그만이다.

하지만 소시오패스 성향이 강한 서장필은 그걸 감췄을 것이다.

"그러면 청계가 끌려다니는 것도 이해가 되네."

공부를 못한다고 해서 머리를 못 쓰는 건 아니다.

서장필이 그걸 감췄다면, 청계는 회수하지 않는 한 재기하지 못한다.

당연히 어떻게 해서든 청계 놈들은 그걸 되찾으려고 할 것이다.

"허."

그동안 머리를 부여잡게 만든 모든 문제가 한 번에 해결되자 노형진은 어이가 없었다.

"그냥 이 모든 게 우연히 만들어진 상황이라고?"

"넌 있잖아, 모든 걸 지나치게 복잡하게 보는 경향이 있어. 물론 대부분의 범죄가 계획으로 이루어져 있기는 하지만, 세상에는 우연으로 이루어지는 사건도 있는 법이다."

"너한테 그런 걸 배울 줄은 몰랐는데."

노형진은 눈을 찌푸렸다.

오광훈의 말이 맞다. 워낙 거창한 놈들과 싸우다 보니 너무 생각이 많은 것이 사실이다.

"그러면 돈 문제도 이해가 가는군."

부자는 망해도 3대는 간다는 말이 있다.

감옥에 간 변호사들이 그 돈을 다 정부에 빼앗겼을 리 없다.

분명 감춰 둔 돈이 있을 테고…….

"서장필이 그걸 요구했겠군."

서중도 입장에서는, 아들이기는 하지만 그렇게 막장이 되어 버린 인간을 통제할 수는 없을 테고 말이다.

"오케이! 알았어!"

노형진은 자리에서 벌떡 일어났다.

"야? 어디 가? 어어어?"

노형진이 바깥으로 뛰어나가자 멍하니 그 뒷모습을 바라보던 오광훈은 아줌마를 향해 손을 번쩍 들었다.

"아줌마! 여기 외상!"

노형진은 서장필이 돌변한 시기를 추정했다.

정확하게는, 갑자기 복수를 한답시고 살인을 하기로 한 시기.

그 시기가 아마 그가 강력한 힘, 그러니까 그 증거를 가지게 된 시기일 가능성이 높았다.

"그 전에는 퇴학당해서 그냥 집에서 놀았다 이거군요."

"네. 딱히 특별한 것도 없었습니다. 그저 백수였을 뿐이지요."

고문학은 나름대로 조사한 결과를 가지고 왔다.

물론 개인의 과거를 추적하는 것은 쉬운 일이 아니다.

그나마 다행인 것은 서장필이 그 당시 미성년자여서 부모에게 돈을 받아서 썼다는 것이다.

불법이기는 하지만 카드 내역을 보면 그 카드를 쓰는 사람이 누군지 알 수 있다.

특히 서장필쯤 되는 나이면 100% 피시방이나 싼 가격의 포차 스타일의 술집에 들어간다.

"대략 2년 전이군요."

갑자기 씀씀이가 커지고 클럽에서 결제한 돈이 튀어나오

기 시작했다.

"집에서 찾은 걸까요? 그럴 가능성은 낮겠지요?"

"집에 뒀을 리 없죠."

집에 두면 갑작스러운 경찰의 압수 수색에 걸릴 수도 있다.

어찌 되었건 관련자니까.

결국 그들이 생각하지 못한 다른 곳에서 찾았다는 건데.

"카드 기록을 보면 아마도 이곳이지 싶습니다."

"어딘데요?"

"청평이라는 곳인데, 아마도 서장필의 외가 쪽인 것 같더군요."

"외가요?"

"네, 전형적인 오래된 시골입니다. 외할머니 한 분이 계신 걸로 나오고요."

시골이기는 하지만 다행히 로드뷰가 찍혀 있었다.

노형진은 그걸 보고 혀를 끌끌 찼다.

"딱 뭔가 감추기 적당하네요."

오래된 집이다. 그리고 한쪽은 오래된 창고다.

입구에 잔뜩 쌓여 있는 농기구들을 보니 쓴 지도 오래되었다.

"외할아버지가 돌아가신 지 오래되었나요?"

"대략 8년쯤 된 것 같습니다."

"딱 감추기 좋네요."

농기구를 보관하는 창고.

하지만 외할아버지가 돌아가신 후 할머니 혼자서 농사를 짓는 것은 불가능하다.

더군다나 연세가 있으니까.

그러니 저곳은 그냥 이것저것 박아 두는 창고가 되었을 것이다.

"저런 곳에 뭔가를 감추면 찾는 게 쉽지 않지요."

일단 직접적으로 영장이 나오기 힘든 곳이다.

영장이라는 것은 조금만 관련이 있으면 나오는 게 아니다. 그곳에 뭐가 있다는 확실한 의심이 있어야 한다.

그런데 서중도는 사건의 핵심에서도 벗어난 사람이라 처벌도 면했다.

거기에다 본가도 아니고 처가의 허름한 창고에 대한 영장이 나올 리 없다.

"카드 내역을 추적해 보니 그때쯤 해서 저곳으로 가는 버스를 끊은 기록이 나왔습니다."

대충 상황이 이해가 간다. 시골에 갔다가 그곳에서 그 서류를 발견한 것이다.

할머니가 그곳 정리를 맡겼을 수도 있고, 혹은 뭐라도 가지고 놀 만한 게 있을까 하고 뒤진 것일 수도 있다.

어느 쪽이건, 그가 그곳에서 뭔가를 찾아냈을 가능성이 아주 높다.

"그리고 그걸 감췄겠지."

대충 읽어 보면 그게 어떤 서류인지 모르지는 않을 테니까.

때마침 청계가 컴백하려고 했을 테고, 서류가 사라진 것을 알아차렸을 것이다. 그걸 누가 가지고 있는지도 말이다.

"이 상황을 어떻게 해야 할까요?"

"일단 우리가 해야 하는 것은 서장필을 잡는 겁니다. 그가 살인을 자백했으니, 그들이 제출하지 못한 새로운 증거를 찾아내면 그때는 다시 재판할 수 있습니다."

그러면 그는 사건을 뒤집지 못한다.

이미 자신이 살인을 했다고 자백하고 다녔으니까.

"두 번째는 청계를 막는 겁니다. 그들이 컴백하지 못하게요."

그리고 그 가장 좋은 방법은 그들의 장부를 찾아내는 것이다.

"하지만 그게 쉽지 않을 텐데요? 검찰 쪽도 새로운 증거는 없을 거라고 확신하고요."

청계가 끼어들었다면 증거는 모조리 씨가 말랐을 것이다.

"그렇겠지요."

하지만 노형진은 믿는 게 있었다.

"그들은 증거를 조작했습니다. 하지만 생각하지 못한 게 있지요."

"뭔데요?"

"바로 신발입니다."

"최초의 증거였던 그 신발요?"

"네."

"하지만 그걸로 뭘 할 수 있습니까?"

이미 알려질 대로 알려진 신발이다.

그 신발은 정상적인 증거로 인정되지 않았다. 상대방이 짝퉁 신발을 백 켤레나 사 가지고 온 탓이다.

"분명 그 신발의 짝퉁이 만들어졌습니다. 하지만 그게 더 문제라고 생각합니다."

"네? 그게 무슨 말씀이신지요?"

"모든 가짜는 견본이 필요하거든요."

노형진은 씩 웃었다.

사건의 상황을 알았으니 남은 것은 이제 진짜 범인을 잡는 것이었다.

⚖

"신발이 함정이라고요?"

노형진의 말에 서태웅 검사는 깜짝 놀랐다.

"그때는 확실하게 말하지 않으셨잖습니까?"

"저도 확인을 해 봐야 했으니까요."

진짜로 짝퉁이 나온 건지 아니면 다른 게 나온 건지 말이다.

"전 세계에 2만 개만 팔린 한정판 신발. 확실히 짝퉁이 만들어질 만하죠. 하지만 한 가지 문제가 있습니다. 짝퉁도 결국 팔려야 하거든요."

"네? 무슨 말씀이신지 잘 모르겠는데요."

서태웅은 이해가 가지 않는다는 표정으로 말했다.

당연히 짝퉁은 팔기 위해 만드는 것 아닌가?

하지만 노형진이 설명을 해 주기 시작하자 그제야 이해가
갔다.

'나도 미국에서 가짜 사건을 하면서 알았지.'

사람들은 명품이 만들어지면 다 짝퉁이 나오는 줄 안다.

하지만 대부분의 짝퉁은 그렇지 않다.

"짝퉁은 명품이 만들어졌다고 무조건 나오는 게 아닙니
다. 그 명품이 잘 팔리니까 짝퉁이 나오는 겁니다."

사람들은 한정판이라고 하면 단순히 기업 입장에서 가격
을 높여 팔기 위한 거라고 생각한다.

하지만 사실 그것만 있는 것은 아니다.

사람들이 명품을 사는 이유는 자신이 남과 다르다는 일종
의 허영심을 채우기 위해서다.

"그런데 말이죠, 그러한 허영심을 채울 때 정작 한정판은
그 대상이 되지 않습니다."

왜냐하면 한정판이니까.

일반 판에 비해 한정판의 가격은 무척이나 비싸다.

당연히 구입이 부담스러울 수밖에 없다.

일반적인 명품이 300만 원 정도라면 한정판은 600만 원에
서 1천만 원까지 간다.

"300만 원 정도면 일반인이 돈을 모아서 살 수도 있지요. 하지만 600만 원, 1천만 원 하는 가방을 갑자기 들고 다닌다고 생각해 보세요. 사람들은 뭐라고 생각할까요?"

"짝퉁이라 생각하겠네요."

서태웅 검사는 노형진이 왜 그런 말을 하는지 알아차렸다.

누군가가 자신의 금전적 한계치를 한참 넘어가는 물건을 들고 나타난다면 사람들은 짝퉁을 들고 다닌다고 수군거릴 게 뻔했다.

"하물며 사용하는 가방도 그렇습니다. 하지만 신발의 경우, 말씀하셨지요, 한정판으로 신발을 모으는 사람들이 구입한다고."

"그랬지요."

"그 사람들, 그걸 신고 다니던가요?"

"그건…… 아…… 그러네요."

그 당시 다른 사람들은 아무도 그 신발을 신지 않았다.

그저 사서 보관할 뿐이었다.

서장필만이 사서 신고 다녔다.

'당연하지. 자기가 산 게 아니었을 테니까.'

서장필은 자신에게 질질 끌려다니는 청계에 사 달라고 했을 테니 그게 얼마나 가치가 있는지도 몰랐을 것이다.

설사 안다고 해도 그다지 신경 쓰지 않았을 테고.

"수집용이라는 거죠. 그런데 수집용이 짝퉁으로 가치가

있을까요?"

서태웅은 자신도 모르게 턱을 문지르며 생각에 빠졌다.

"수집용은 사실상 짝퉁 시장에서는 별 의미가 없지요."

물론 중고 시장에서의 거래를 생각해 본다면 가치가 있을 지도 모른다.

실제로 몇몇 수집용 물품은 새 물건보다 비싸니까.

"하지만 신발을 수집하는 사람들은 많지 않지요."

그리고 그들은 나름 짝퉁을 구분하는 방법을 안다.

또 요즘은 시대가 발달해서, 인터넷으로 홈페이지에서 찾 아보면 해당 제품이 어디에서 팔렸는지 나온다.

판매된 곳이 프랑스인데 뜬금없이 한국의 중고 시장에서 튀어나오지는 않을 것이다.

"그래서 짝퉁 시장을 좀 조사해 봤습니다. 그런데 역시 그 물건은 안 팔더군요."

신발을 수집하는 사람들이 짝퉁을 살 리가 없다.

또한 한정판이다 보니 일반 수요는 없다.

"하지만 일반인들이 기분을 내려고 사는 경우가 정말 아예 없을까요?"

"별로 없습니다. 그런 사람들은 아무것도 모르는 거죠. 싼 게 비지떡이라는 말이 그냥 생긴 게 아닙니다."

물론 싸다고 해서 그 성능이 무조건 나쁜 것은 아니다.

가성비라는 말이 있는 것처럼, 가격에 비해 성능이 무척이나 좋은 물건도 많다.

"그렇지만 짝퉁에 그 가성비를 따질까요? 그저 모양만 비슷하게 만들 텐데요. 그리고 아시다시피 다른 물건에 비해 신발은 잠시만 신어 봐도 느껴지는 성능 차이가 심합니다."

사람들이 잘 모를 뿐 발은 상당히 예민한 부위 중 하나이다.

그래서 신발이 조금이라도 불편하면 오래 못 버틴다.

"특히 운동화 같은 건 더 그렇지요."

운동화는 애초에 발이 편하라고 개발된 신발이다.

그래서 메이커에서 만드는 운동화들의 질이 훨씬 좋을 수밖에 없다.

개발비가 투자되고, 그에 맞는 연구를 하니까.

"하지만 싸구려 신발은 아니죠. 일단 내구력에서 상당한 차이가 납니다."

"으음……."

"그리고 이런 짝퉁 신발들은, 모양은 비슷하게 만들 수 있습니다."

하지만 내구력 같은 건 따라갈 수가 없다.

당연히 소장용 신발들은 복제를 해 봐야 팔리지도 않고, 설사 팔린다고 해도 소비가 잘되지 않는다.

"차라리 가방 한정판은 좀 나아요."

일단 가방은 내구력 차이를 많이 못 느끼니까.

하지만 신발은 아니다.

그리고 짝퉁인 걸 알면서 그걸 수집용으로 사는 사람은 없다.

"그러면 그 복제품이 실제로는 없다는 소리인가요?"

"네. 이미 찾아봤습니다."

짝퉁을 백 개나 사 왔다고 했다.

그래서 노형진이 혹시나 해서 짝퉁 시장을 찾아본 것이다.

"검찰에서는 찾아볼 리 없으니까요."

"쩝……."

서태웅 검사는 겸연쩍은 표정으로 머리를 긁었다.

"어쩔 수가 없죠."

"그래서 제가 알아본 겁니다."

검사가 찾아가서 '짝퉁 증거와 관련해서 조사 나왔습니다.'라고 하는데 어떤 미친놈이 '아, 예. 저는 짝퉁을 만듭니다.'라고 하겠는가? 당연히 '짝퉁요? 그런 거 취급 안 합니다!'라고 하지.

"그러면 그건 어디서 가지고 온 거죠?"

"어디서 가지고 오긴요. 당연히 직접 만든 거죠."

"네?"

서태웅의 눈에서 빛이 났다.

"그놈들이 그걸 만들었단 말입니까?"

"그거 말고 방법이 없지 않습니까? 그리고 조사하면서 알았는데, 이번 사건에 청계가 끼어들어 있는 것 같습니다."

"처…… 청계요?"

서태웅은 깜짝 놀랐다. 그리고 자신도 모르게 목소리를 낮췄다.

"청계라니, 그 말이 사실입니까?"

"네. 관련자들이 출소한 게 확인되었습니다. 한번 꿀 빤 짓을 반복하려고 하는 게 범죄자들의 습성이니까요. 그런데 왜 그렇게 목소리를 낮추십니까?"

노형진이 왜 그러나 하고 고개를 갸웃하자 서태웅은 더욱 목소리를 낮췄다.

"검찰청 내부에서 그 사건과 관련해서 피바람이 불었습니다. 청계란 이름은 검찰청 내부에서 금기입니다, 금기."

"네? 아, 그렇겠네요."

그곳에서 일하던 변호사들 중에 분명 검사 출신이 적지 않았을 것이다.

그래야 수사 방법을 알고 법을 피하거나 이용하는 법을 알 테니까.

'그리고 전관의 힘은 강하지.'

그렇게 청계에 들어간 놈이 과거 자신의 인맥을 쓰지 않았을 리가 없다.

그러다 목이 날아갔으니, 검찰에서도 그들과 붙어먹었던 사람들이 한두 명 날아가는 걸로는 끝나지 않았을 것이다.

"그런데 그놈들이 출소했다고요?"

"네. 바지 사장, 아니, 이 경우는 바지 변호사를 내세워서 뭔가를 해 보려고 하는 것 같더군요.”

노형진은 그렇게 말하면서 목소리를 낮췄다.

지금부터 이야기하는 부분도 상당히 예민한 부분이었으니까.

그리고 이야기가 끝났을 때 서태웅의 얼굴에는 당황이 가득 서렸다.

“고작 그런 이유로 청계가 20대 애새끼한테 끌려다닌다고요?”

“그가 감춘 건 단순한 뇌물 장부 정도가 아닐 테니까요. 최소한 정재계의 20%는 목이 날아갈 겁니다.”

물론 범죄를 저지른 놈들은 20%가 안 될 수도 있다.

하지만 그들을 족치다 보면 그들이 또 자신들이 뇌물을 주거나 포섭한 인물을 나불거릴 테니까.

“하긴 이런 사건은 나비효과가 장난 아니니까요.”

중국에서 나비가 날갯짓을 하면 미국에서는 토네이도가 생긴다.

그게 나비효과다.

물론 진짜 그런 건 아니지만, 작은 사건이 걷잡을 수 없이 커지는 경우는 많다.

“우리는 서장필을 잡아야 합니다. 그래서 그의 입에서 장부의 위치를 알아내야 합니다.”

“그리고 그걸 가지고 수사하면······.”

서태웅은 그렇게 말하다가 고개를 흔들었다.

“그건 나중에 하는 걸로 하죠.”

"동감입니다."

그들은 청계 사건을 해결할 때 정부와 정재계에서 어떻게든 사건을 덮기 위해 노력하는 것을 봤다.

장부가 발견되지도·않았는데도 그 지경이었는데, 하물며 장부가 드러난다면 아마 정부는 암살을 해서라도 막으려고 할 것이다.

'한 번 당한 꼴을 또 당할 수는 없지.'

민주국가에는 암살이 없다?

그건 권력의 속성을 모르는 이상주의자나 할 수 있는 말이다.

"일단 그럼 저는 그 신발을 만든 곳을 추적하면 되겠군요."

"네."

"하지만 그걸 어디서 만들었는지 알아보는 건 쉽지 않을 것 같은데요."

짝퉁 박멸이 그리 쉬웠다면 이미 사라졌어야 정상이다.

하지만 그게 그렇게 쉬운 게 아니다.

하물며 상황을 보면, 이번 사건에서 서장필을 풀어 주고자 증거 조작을 위해 한시적으로 만들었을 가능성이 높다.

그러니 시중에 그걸 파는 놈도 없을 테고 말이다.

"그래서 생각을 해 봤는데 말이지요. 소문을 내지요."

"무슨 소문요?"

"신발은 복사한다고 나오는 게 아니거든요."

신발을 만들기 위해서는 그 가죽을 자르는 형태를 잡아야 하고, 신발의 형태도 잡아야 하며, 밑창을 찍어 낼 조형도 만들어야 한다.

그래서 운동화 같은 것은 무조건 대량생산으로 들어가는 것이다.

"그런데 저들이 그 금형을 본사에서 빌려 오지는 않았을 겁니다."

"아하!"

그건 빌려 달라고 해서 빌려주는 게 아니다.

당연히 자신들이 만들었을 것이다.

"운이 좋다면 그 짝퉁 업자가 그 금형을 가지고 있을 가능성이 높습니다."

아니, 분명 가지고 있을 것이다.

설사 청계에서 그것까지 달라고 했다고 해도, 만드는 법은 분명 기억하고 있을 것이다.

"당연히 우리가 그걸 대량으로 구입한다는 소문이 나면 가장 먼저 접촉하겠군요."

고작 백 개 정도가 아니라 최소 몇만 개 수준으로 주문하고 일본이나 미국 같은 곳으로 밀수한다고 하면 가장 빨리 만들 수 있는 놈이 접촉할 텐데, 그건 당연히 금형이 있고 제작한 경험이 있는 놈일 수밖에 없다.

"아무리 청계라고 해도 모든 관련자들을 다 죽일 수는 없으니까요."

청계와 일한 모든 사람이 죽어 나간다면 누가 그들과 일하려고 하겠는가?

"청계는 경찰의 수사법에 익숙합니다. 경찰의 한계에 대해서도 잘 알고 경찰이 어디까지 일할지도 잘 알지요. 하지만 그 이상에 대해서는 잘 모릅니다."

신발을 증거로 제출하면 경찰이나 검찰은 짝퉁이 나돈다고 생각하고 그걸 파고들지 않을 걸 안다.

그래서 짝퉁을 백 개나 만들어서 제출했을 가능성이 높다.

실제로 그걸 부정하는 것은 쉬운 일이 아니니까.

"하지만 우리는 경찰이 아니지요."

경찰이 하지 못한 부분을 새론은 할 수 있다는 걸 그들이 잘 모른다는 게 약점이다.

"그들은 모든 것을 잘 알고 있고, 또 모든 사람들의 한계를 다 안다고 생각하지요. 하지만 그게 그들의 가장 큰 실수가 될 겁니다."

⚖️

노형진은 은밀하게 짝퉁 시장에 소문을 냈다.

해당 모델의 밀수를 위해 대략 4만 개 정도의 신발을 생산해 줄 사람을 찾는다고 말이다.

그리고 채 일주일이 지나지 않아서 연락이 왔다.

그걸 만들어 줄 수 있노라고 말이다.

"의외네요. 다른 사람들은 연락이 없었는데요?"

서태웅 검사는 신기한 듯 말했다.

진짜로 딱 한 명에게서만 연락이 왔다.

"다른 사람들은 이제 연구를 시작한다고 해도 판형을 만들고 디자인을 복제하는 데만 몇 주는 걸릴 테니까요."

더군다나 이건 한정판이다.

당연하게도 실제 매물을 보면서 만들 수 없다.

그러니 오로지 사진만으로 그 디자인을 복제해야 하는데, 그건 결코 쉬운 일이 아니다.

사진을 찍는다고 해도 촬영되는 부분은 결국 외부의 디자인뿐이다.

내부의 자세한 형태나 마감 같은 것은 결국 원본이 있어야 하는데, 한정판을 복제하겠다고 수백만 원에 달하는 원본을 사는 건 쉬운 일이 아니다.

거기에다 한정판이다. 당연히 이미 다 팔려서 사고 싶어도 살 수 있는 상황이 아니다.

더군다나 이건 안 팔릴 게 뻔하니까.

"하지만 이미 디자인이 복제되어 있다면 기다릴 이유가 없지요."

노형진은 그렇게 말하면서 몸을 차 안으로 숨겼다.

오늘 이곳에서 그 사람을 만나기로 했다.

물론 만나기로 한 사람들은 당연히 검찰의 수사관이다.

그것도 믿을 만한 사람으로만 골라서 뽑았다.

아마 청계도 서장필도, 이런 수사를 하고 있을 거라고는 생각도 못 하고 있을 것이다.

─이겁니까?

그렇게 차에 몸을 숨긴 채 얼마나 기다렸을까?

무전기에서 목소리가 들려오기 시작했다.

오늘 브로커 역할을 하기로 한 수사관의 목소리였다.

─잘 봐요. 진품하고 아주 똑같아요.

낯선 남자의 목소리. 아마도 그가 그 신발을 만든 인간일 것이다.

─확실히 비슷하네요. 대단하군요. 일주일도 안 지났는데 이 정도 퀄리티까지 뽑아내다니. 이건 사진만 보고 뽑아낸 퀄리티가 아닌데요?

─운이 좋았수다. 판형이 있었거든.

"빙고."

듣고 있던 서태웅은 그가 한 말에 씩 웃었다.

─판형요? 우리 말고 밀수업자가 또 있었습니까? 이러면 우리가 수출이 곤란해지는데?

─그건 걱정 안 해도 돼. 그 사람, 고작 백 개 뽑아 갔어. 뭐에 쓰는 건지는 모르겠지만.

─그래요? 그러면 다행이군요. 그런데 사이즈가 270? 이거밖에 없습니까?

-일단 내가 가진 게 그것뿐이네.

서태웅은 피식 웃으며 말했다.

"서장필의 발 사이즈가 270이지요."

수량도 발 사이즈도 맞다.

-그나저나 진짜 잘 만들었군요. 실물이라도 보고 만드신 것처럼 말입니다.

-실물을 보고 만들었지. 실물이랑 사진을 보고 똑같이 만들었는걸.

한국에 고작 다섯 켤레밖에 없는 실물이다.

그걸 보고 만들었다는 건 한 명이 제공했다는 의미밖에 되지 않는다.

'그리고 그럴 만한 놈은 한 놈뿐이지.'

이로써 서장필이 증거를 조작했다는 가장 강력한 증거가 나타났다.

그의 무죄를 입증하는 데 있어서 가장 확실한 증거가 바로 짝퉁 신발의 존재였다.

그러나 그들이 알리바이를 조작하기 위해 그걸 고의적으로 만든 걸 알아낸 이상, 다시 수사를 시작할 수 있다.

"청계 놈들 범죄 스케일이 어마어마하군요."

무죄를 만들어 내기 위해 짝퉁을 만들어 낸다는 건 진짜 생각도 못 했다.

모든 공산품은 대량생산을 기반으로 만들어진다.

당연히 생산량이 적으면 그 가격은 비싸질 수밖에 없다.

그 말은, 이들이 이 가짜 신발을 만들기 위해 족히 몇천 단위 이상의 돈을 썼다는 소리다.

그래야 판형을 만들고 제대로 복제할 수 있을 테니까.

"이쯤이면 된 것 같군요."

이제 남은 건 그 상대방을 체포하는 것뿐이다.

"과연 가장 강력한 증거가 무너졌을 때 청계에서 뭐라고 할지 두고 보자고요."

서태웅은 웃으며 차의 문을 열었다.

그리고 무전기 버튼을 눌렀다.

"전원, 체포 작전 시작해! 지금 당장!"

위험한 게임은 하지 않는 법

"이거 뭐야! 어! 일을 어떻게 하는 거야? 일 이따위로 할 거야? 그런 거 전문이라며? 사건 은폐 전문이라며!"

길길이 날뛰는 서장필.

그 모습을 보면서 장길수는 이를 박박 갈았다.

'이런 멍청한 새끼. 그래, 날뛰어라. 그걸 넘겨주는 순간 너는 끝장이야.'

저 멍청한 놈이 감춘 장부는 대한민국을 쥐고 흔들 수 있는 물건이다.

물론 저 녀석도 그걸 대충 눈치채고 있기에 저 짓거리를 하는 거다.

서장필이 아무리 막장이라고 해도 그걸 가지고 직접 대한

민국을 흔들지는 못한다.

그걸 들고 가는 순간 죽은 목숨이다.

그런데 이놈은 머리 좋게도 그 대신 그게 꼭 필요한 장길수와 청계 출신을 쥐고 흔드는 걸 선택했다.

'하지만 결국 거기까지지, 멍청한 새끼.'

그걸 넘겨주는 순간 서장필과 그 가족은 죽은 목숨이다.

그렇다고 해서 그걸 안 준다면? 그렇다고 해도 죽은 목숨이다.

그들은 호랑이 등에 올라타서 벌벌 떠는 형상이다.

내려와도 죽고 안 내려와도 죽는다.

'그래서 저러는 것일지도 모르지.'

마치 모든 것을 불태우고 즐기겠다는 듯 악착같이 군다.

물론 아비인 서중도는 그걸 알기에 입술이 바짝바짝 타겠지만, 그런 건 신경도 안 쓴다.

'화끈하고 짧게 살겠다 이거지.'

어릴 때 품는 헛된 생각들. 그중 하나가 바로 굵고 짧게 살겠다는 생각이다.

물론 나이 먹으면 그건 멍청한 짓이라는 걸 알게 된다.

'멍청한 서중도 같으니.'

하다못해 금고라도 하나 사서 보관했다면 이런 일은 터지지 않았을 것이다.

하지만 고작 몇십만 원짜리 금고 하나를 안 사는 바람에 일이 이 지경이 되었다.

그걸 박스에 담아서 창고에 보관하다니.

"어쩔 거냐고! 어!"

아무리 굵고 짧게 살 생각이라고 해도 감옥에 가는 건 두려운 모양인지 빽빽거리는 서장필.

"걱정하지 마. 그 정도는 굳이 다른 작전을 쓰지 않아도 우리가 충분히 커버할 수 있어."

"이미 우리가 증거를 만든 걸 알아냈다고!"

"그러니까 내가 멍청한 짓거리 좀 하지 말라고 했지! 자기가 죽였다고 깐죽거리는 멍청한 짓을 하는 놈이 어디 있어?"

"처벌 안 받는다며! 완벽하게 처리했다며!"

"네가 깐죽거리지만 않았으면 새론이 끼어들 일도 없었겠지. 애초에 대부분의 경찰이나 검찰이라면 모를까, 새론 놈들은 규격 외의 놈들이다. 특히나 그 노형진이라는 놈은 더더욱."

그가 아니었다면 지금쯤 대한민국은 청계라는 이름하에 지배되고 있었을 것이다.

"일단 다른 방법을 쓸 때까지 입 닥치고 있어."

장길수는 이를 박박 갈면서 말했다.

'조금만 참자, 조금만.'

그는 그렇게 생각하면서 주먹을 불끈 쥐었다.

"죽일 거라고요?"

"네."

노형진은 고개를 끄덕거렸다.

"이번에 서태웅 검사님이 증거를 조작한 걸 파고들었지요? 그건 단순히 서장필 사건에서 끝날 게 아닙니다."

청계 출신이 쓰는 방법 중 하나가 막힌 것이나 다름없다.

"장기적으로 보면 청계에서 쓰는 방식 중 하나가 사라진 것이나 다름없죠. 그 상황을 막기 위해서는 서태웅 검사님이 그 방법을 다른 사람들에게 알려 주기 전에 쳐 내야 합니다."

서태웅은 눈을 찌푸렸다.

사건의 방향이 전혀 엉뚱한 쪽으로 튀기 시작했으니까.

"그거랑 서장필 사건이 무슨 관계가 있다는 겁니까?"

"서태웅 검사님을 죽일 수는 없죠. 이미 외부에 드러난 사건 담당이니까."

도리어 그가 갑자기 죽으면 주변에서 의심스러운 시선을 보낼 것이다.

"가장 좋은 방법은 검사님을 해직시키는 겁니다. 그리고 그러기 위해서는 사람들의 도움이 필요하지요."

"저를 자르기 위해 누군가에게 도움을 요청한다고요?"

"도와 달라고 하는 게 아니라, 아마 시키는 대로 할 수밖에 없을 겁니다."

"아⋯⋯."

눈치 빠른 서태웅은 눈을 살짝 찡그렸다.

청계가 가진 서류들, 그게 있다면 상부는 자신을 잘라 버릴 수도 있다.

물론 서태웅이 잘못한 건 없다.

하지만 검찰 조직에서 세력도 없는 외로운 늑대 스타일인 그가 억울한 누명을 쓴다고 해도 그를 도와줄 사람은 없다.

"물론 원하시면 스타 검사 쪽에서 어느 정도 실드를 쳐 드릴 수 있겠지만⋯⋯."

"하지만 그렇게 되면 좋든 싫든 제가 거기에 속하는 꼴이 되지요."

노형진은 고개를 끄덕거렸다.

그러자 서태웅은 부르르 떨었다.

"싫습니다, 싫어요. 저는 스타 검사 안 합니다. 안 그래도 카메라 울렁증이 있는데 그 짓을 어떻게 합니까?"

스타 검사는 외부의 지지를 많이 받는 사람들이다.

당연히 홍보가 필수다.

"연예인도 아니고, 카메라 앞에서 연기하느니 그냥 접고 나가서 변호사나 하렵니다."

"그럴 것 같아서 그 부분은 빼고 말씀드리는 겁니다."

노형진은 그렇게 말하면서 서태웅의 건너편 소파에 기대

앉았다. 그리고 느긋하게 커피를 마셨다.

"어찌 되었건 지금쯤 청계 출신들은 우리가 이번 사건에 끼어들었다는 걸 알아차렸을 겁니다. 그리고 상황이 다급해 졌죠."

세력이 그렇게 강할 때도 결국 자신들을 무너트린 새론이다.

그런데 지금은 세력도 약하고 힘도 없다.

"그러면 우리의 시선에서 벗어나려고 할 겁니다. 정면충 돌하면 까딱 잘못하면 자신들의 실체가 드러날 테니까요."

그건 최악의 수다.

청계도 청계지만 사실 현 상황에서는 그들이 범죄를 설계 해 줬던 자들도 적이라고 봐야 한다.

그들 입장에서는 권력과 돈은 쥐었겠지만 청계가 자신을 지배하려고 하는 게 부담이 되었을 테니까.

"그러니 가능하면 시선에서 벗어남과 동시에 그들을 통제 하려고 하겠지요. 그리고 가장 좋은 방법은 서장필이 사라지 는 겁니다."

"하지만 서장필이 사라지면 그 장부와 증거들을 손에 못 넣을 텐데요?"

노형진은 고개를 흔들었다.

단순히 생각하면 그렇다. 하지만 일이 그렇게 단순할 리 없다.

"단순하게 그렇게 될 게 아니죠. 그들의 지원을 받은 사람들 중에서 의사가 없다고 보기는 힘드니까요."

"의사요? 이번 사건과 의사가 무슨 상관이 있다고요?"

"고문을 할 때 상대방을 살려 두기 위해서는 의사가 필수입니다."

"고문…… 아…….

애초에 고문을 한다면 서장필이 그걸 이겨 내고 죽을 때까지 감출 가능성은 낮다.

그는 자기만 위하는 인간이고 그런 고문에 대한 훈련을 받은 것도 아니니까.

"고문이라……. 그건 생각 못 했네요."

하지만 상황이 돌변한 이상 서장필의 존재는 부담스럽다.

어차피 그 서류만 손에 넣을 수 있다면 모든 건 정리된다.

수사가 시작되자 서장필이 도주한 것으로 처리하고 구속 영장을 발부하고, 그걸로 사건은 영구 미제로 남는다.

물론 진짜 서장필은 죽을 테고 말이다.

"어째서 애초에 그러지 않고요?"

"서중도 때문이지요."

서중도는 청계에서 일했고 행동대장급이었다.

아무리 막장이라고 하지만 그래도 서장필은 그의 자식이다.

아들이 죽으면 가만히 있을 리는 없으니 당연히 경찰에 신고할 텐데, 그걸 막기 위해서는 서중도와 그의 아내도 죽여야 한다.

"지금 청계 출신들은 과거에 자신들 아래서 일하던 자들을 모아서 바지 변호사로 내세우고 청계를 재건하기 위해 노력하고 있습니다. 그런데 그런 자들이 부하를 죽여 버리면 어떤 일이 벌어지겠습니까?"

"안 오겠군요."

과실이 아주 탐나 보이면 모를까, 당장은 그런 과실도 없는 상황이다.

모든 것이 애매한 상황에서 그런 일을 벌이면 부하들이 도와줄 리 없다.

"그리고 방패가 없으면 장부를 손에 넣는다고 해도 의미가 없죠."

힘이 없는 자에게 보물은 어울리지 않는다. 다른 이들이 그 보물을 빼앗기 위해 목숨을 노릴 테니까.

그러니 자신들을 지키기 위한 힘이 분명 필요하다.

"복잡한 상황이군요."

"그래서 제가 서태웅 씨에게 찾아온 겁니다. 그들을 밀어붙여야 하니까요."

"제가 도와드릴 게 뭔가요?"

노형진은 그에게 몸을 바짝 기울였다.

"서장필에 대한 재판을 다시 시작할 때, 청계를 노리는 부분을 확실하게 해 주십시오. 그리고 구속영장은 청구하지 마시고요."

"네? 어째서요?"

"이쪽에서 청계를 인지하고 있다는 걸 그쪽이 알아야 합니다."

그리고 구속영장이 청구되지 않으면 서장필은 외부에서 생활하게 된다.

"청계가 서장필을 노릴 수 있는 기회가 많아지는 거군요."

"우리는 그때를 노리는 거죠."

"서장필을 보호하면서 그걸 받아 내는 건?"

"그건 힘들 겁니다."

서장필은 아직 어리고 철이 없어서, 그 위험한 서류를 무기처럼 휘두르며 위험한 게임을 하고 있다.

"하지만 세월은 사람에게 현명함이라는 선물을 주죠. 보통은 말입니다."

시간이 지나면 그의 주변에 사람이 뭉치기 시작할 텐데, 그중에 머리 좋은 놈이 있으면 세력이 만들어질 테니 그들은 청계를 대신해서 그 무기를 휘두를 것이다.

"이쪽은 법의 테두리 내에서 활동해야 합니다. 그걸 서장필은 알고 있죠."

그리고 대한민국 법의 특성상 아무리 최대한 구형한다 해도 20년 미만이다.

나와서 대한민국을 쥐고 흔들 수 있는 보물을 줄 리 없다.

아니, 그걸 가지고 흔든다면 적당하게 가석방으로 나올 수도 있다.

"강제로 빼앗아야 합니다."

"으음……."

서태웅은 잠깐 말을 멈췄다.

노형진의 말대로라면 서장필이 고문당하게 놔두자는 소리였으니까.

한참 말을 아끼던 서태웅은 씨익 웃었다.

"그거 참, 마음에 드는데요."

법 바깥에서 낄낄거리던 서장필. 그를 체포해서 제대로 엿을 먹일 수 있을 것이다.

게다가 고문을 당한 서장필은 아마 자신을 감옥에 보내 달라고 질질 짤 게 뻔하다.

"아주 맘 편하게 최고형을 때릴 수 있겠네요."

저쪽이 방어 의지만 없다면 30년은 때릴 수 있다.

"아주 마음에 들어요. 후후후."

⚖️

재판이 시작되자 서태웅은 서장필에게 살인을 도와준 배후에 대해 집중적으로 추궁했다.

심지어 그 당시 변호사까지 증거 조작 혐의로 구속해 버렸다.

당연히 청계는 난리가 났다.

"역시 우리에 대해 알아낸 게 맞습니다. 그렇지 않다면 이런 식으로 몰아붙일 리 없어요."

애초에 서장필의 범죄는 증명되었다.

서장필에게는 다시 뒤집을 수 있다고 호언장담했지만, 그건 불가능하다.

그가 자기 입으로 죽였다고 까발리고 다녔으니까.

그런 짓을 했어도 새로운 증거가 없다면 처벌이 불가능하지만, 새로운 증거가 나왔다.

당연히 그 발언이 효력을 발휘했고, 아무리 청계라고 하지만 그걸 뒤집을 방법은 없었다.

"그, 서태웅 검사라고 했나요? 그 녀석의 취조 방식을 보면 서장필의 죄의 유무에 대해서는 신경 쓰지 않는 것 같습니다. 애초에 드러난 거니까요. 오히려 우리에 대해 집요하게 묻고 있다는 게 문제입니다."

연이어 터지는 말에 장길수는 눈을 찌푸렸다.

멍청한 놈에게 끌려다닌 결과치고는 상황이 너무 나빠졌다.

"어쩔 수 없다. 우리가 당분간은 잠수를 타야겠어. 이러다가 사람들의 시선이 다시 쏠리면 죽도 밥도 안 될 테니까."

아니, 죽도 밥도 안 되는 게 아니라 아예 몇몇은 자신들의 자리를 지키기 위해 박멸하려고 들 게 뻔하다.

"하지만 지금이 아니면 그 서류를 언제 챙길 수 있을지 모릅니다."

"지금 챙겨야지."

"네? 그 미친놈이 줄 리 없는데요."

"주도록 만들어야지."

장길수가 주먹을 꽉 쥐자 다들 침묵을 지켰다.

그 말이 뭘 의미하는지 모르지 않았기 때문이다.

"위험하지 않을까요?"

"위험? 언제 우리가 위험하지 않은 게임을 한 적이 있나? 그리고 그걸 손에 넣기만 하면 되는 거 아닌가?"

"그건 그렇지요."

그걸 손에 넣으면 대한민국을 지배할 수 있다는 생각에, 다들 고개를 끄덕거렸다.

"안 그래도 그 미친놈에게 끌려다니는 게 지겨워지던 참이었어."

대가리에 피도 안 마른 놈이 자신에게 반말을 하면서 부하처럼 취급하는 것 때문에 그는 자존심이 많이 상한 상태였다.

"이번 기회에 누가 위인지 보여 주도록 하지."

⚖️

얼마 후 재판에서 예상대로 서장필은 출석하지 않았다.

"집으로 갔지만 가족들 모두 사라졌다고 합니다."

노형진은 고개를 끄덕거렸다.

"우리 계획대로 굴러가는군요."

물론 고문을 당하면 고통스럽다.

하지만 노형진은 그 미친놈이 고문을 당하든 말든 상관없었다. 자신이 하지만 않는다면 말이다.

'내가 고문당할 거라는 걸 알고 방치했다는 증거도 없고 말이지.'

당연하게도 그 책임은 청계 출신이 지게 될 것이다.

"하지만 사람을 붙이지도 않았는데 그가 어디에 있는지 알 수 있나요?"

"사람은 안 붙였지요. 사실 사람을 붙일 수도 없지 않습니까? 상대방은 청계입니다."

수십 년간 범죄를 꾸며 주던 놈들이다.

그러니 누군가 서장필을 보호하거나 감시하고 있다면 알아차릴 가능성이 높다.

"그래서 붙이고 싶어도 붙일 수가 없었지요."

"그러다가 그들이 그걸 가지고 도망가면 어쩌죠?"

"사람을 안 붙였다고 했지, 감시를 안 했다고는 말하지 않았습니다."

"네?"

노형진은 피식 웃으며 핸드폰을 꺼내 들었다.

"이건? 커플 앱?"

커플 앱. 상대방 동의하에 핸드폰의 위치를 다른 상대방에게 알려 주는 장치. 커플들에게 요즘 유행하는 앱이다.

"좀 웃기지요. 인권에 대해 가장 많이 배운 세대가 이런 인권을 제한하는 앱을 쓴다는 게요. 뭐가 그렇게 자신이 없는 건지."

노형진은 어깨를 으쓱했다.

"설마 서장필의 핸드폰에 이 앱을 깔아 놓으신 겁니까? 그놈이 그렇게 쉽게 깔아 줬어요?"

"아니요. 그럴 리가요."

노형진은 어깨를 으쓱했다.

그럴 놈이라면 얼마나 좋겠는가?

여자를 붙여서 적당하게 앱을 깔아 볼까 하고 시도도 해 봤지만, 그는 여자를 연애의 대상이 아니라 하룻밤 노리개로 취급하는 성향이 강해서 그렇게 서로가 묶이는 걸 거부했다.

"그러면요?"

"그래서 '오빠, 나 한가해요.'라고 보냈지요."

"오빠, 나 한가해요?"

"해킹용 사진을 보냈다는 말입니다."

핸드폰에 사진을 하나 보내고 그 사진을 클릭하면 악성 바이러스가 심기도록 해 놨다.

물론 그건 불법이다.

"기존 앱을 살짝 고쳤죠."

하지만 야시시한 사진에 혹해서 서장필은 그걸 클릭했고,

조용히 프로그램이 깔렸다.

"하지만 납치된 게 사실이라면 핸드폰도 꺼져 있을 텐데요."

"압니다. 하지만 최종 발신지도 같이 보내도록 되어 있습니다. 그러니까 조용히 그곳으로 가면 됩니다."

"묘하게 느긋하시군요. 한창 고문당하고 있을 텐데요."

"당해도 싼 놈이니까요. 그리고 그놈이 나불거린다고 해도, 그 증거들과 장부를 가지고 오는 데 시간이 좀 걸릴 겁니다."

서태웅은 고개를 끄덕거렸다.

노형진의 말이 맞다.

고작 여덟 살짜리 어린애를 보복으로 패 죽인 녀석이다.

그런 놈이라면 평생을 고문당하게 둔다고 해도 양심의 가책 같은 것은 느껴지지 않을 것 같았다.

"어디 보자, 대충 위치가 나왔군요. 하여간 이놈들은 예상에서 한 치도 안 벗어나는군요."

핸드폰이 꺼진 위치는 폐공장단지였다.

여전히 가동 중인 공장이 몇 곳 있기는 하지만 그래도 기계 소리 때문에 비명 소리는 쉽게 가려질 것이다.

아니, 아마도 청계라면 기계 소리를 최대 볼륨으로 틀어 놨을 가능성이 높다. 그래야 외부에서 이상하게 보지 않을 테니까.

"이제 우리가 가서 물건만 회수하면 됩니다, 후후후."

"끄아아악!"

서장필은 고통에 몸부림쳤다.

산 채로 손톱이 뽑히는 고통은 평생을 편하게 살아온 그가 버틸 만한 게 아니었다.

"이 정도 고통도 못 이기면서 굵고 짧게 살겠다고 한 건가? 어이가 없군."

"흑흑흑…… 제발…… 제발 살려 주세요……."

"질기군. 누차 말하지만 난 네놈을 살려 줄 생각이 전혀 없어. 이 경우에는 '제발 죽여 주세요.'라는 말이 맞다고."

장길수는 그렇게 말하다가 혀를 끌끌 찼다.

하나 더 뽑아 볼까 하고 서장필의 손을 잡았는데 남은 손톱이 없었다.

"흠, 이러면 재미없는데. 뭐부터 할까?"

"네?"

"손톱은 다 뽑았고, 이제 뽑을 만한 건 이 아니면 발톱이 거든."

"아…… 안 돼요! 안 돼요!"

"그걸 결정하는 건 나야. 그러니까 위험한 장난은 하지 말았어야지. 부모가 그런 것도 안 알려 주던?"

장길수는 자신이 당한 수백 수천 배로 보복을 하는 타입이었다.

사실 그가 원하는 정보는 이미 얻었다.

몇 대 때리고 첫 번째 손톱을 뽑자마자 질질 짜면서 다 불었다.

"내가 방법이 없어서 너 같은 새끼한테 그렇게 끌려다닌 줄 알아?"

장길수는 그렇게 말하며 씩 웃었다.

"각오를 하고 시작했어야지."

"제발…… 제발 죽여 주세요……."

결국 서장필은 고개를 푹 숙인 채로 죽여 달라고 애원했다. 차라리 죽으면 이 고통은 끝날 테니까.

이미 부모는 기절한 채로 옆에 쓰러져 있다. 누구도 도와줄 사람이 없었다.

"죽여 달라고? 그럼, 그럼! 죽여야지. 하지만 말이야, 일단 뽑을 수 있는 건 다 뽑고 죽일 거야."

몸을 낮춰서 의자에 묶여 있는 서장필을 바라보는 장길수.

"일단 말이야, 이를 뺄 거야. 모조리 말이야. 요즘은 치열로 신원을 확인하거든. 당연히 그 이후에 네놈의 발톱도 뺄 거야. 그리고 천천히 손끝과 발끝을 자를 거야. 지문으로 신원이 확인되면 곤란하니까."

"흑흑흑."

"그러고 나서 네놈을 산 채로 드럼통에 넣을 거다. 그리고 황산을 붓는 거지. 껍데기만 적당히 녹여 버리면 신원을 확인할 방법이 없거든. 너는 건강해서 어디 심 박은 것도 없으니까 그런 걸로 추적하는 것도 불가능하지."

"으흐흐흐……."

장길수의 말에 서장필은 오줌을 질질 흘렸다.

벌써 몇 번이나 지렸는지 모른다.

사람이 이렇게나 많이 지릴 수 있는지, 신기한 노릇이었다.

"그리고 네놈 부모에게도 똑같이 해 줄 거야. 아, 마음이 바뀌었다. 일단 네놈 부모들에게 먼저 그렇게 하고 네게도 그렇게 해야겠네."

히죽거리는 장길수에게 과거에 서장필에게 끌려다니던 모습은 없었다.

"기대해도 좋아."

"으흑흑."

서장필은 눈물을 흘렸지만 이미 늦었다.

외할머니 댁에 갔을 때 외할머니가 창고 정리를 하라고 해서 들어갔던 창고.

그 창고에서 발견한 서류들을 보고 세상을 다 얻은 줄 알았다.

청계 사건은 워낙 컸기 때문에 그도 기억하고 있었고 결국 최종 서류는 찾아내지 못했다고 뉴스에서 들었는데, 그게 외할머니 댁 창고에 있을 줄이야.

그래서 그걸 찾아냈을 때는 당연하게도 그가 그걸 가지고 세상을 지배할 수 있을 거라 생각했다.

하지만 현실은 너무나도 잔혹했다.

"그나저나 너도 미친놈이야."

장길수는 서장필이 그걸 감춘 장소를 듣고 혀를 끌끌 찼다.

"자기 외할아버지 무덤에 감출 생각을 하다니."

외할아버지의 무덤을 파고 그 안에 방수 처리해서 묻어 둔 서류.

당연히 정상적인 사람이라면 그런 곳을 찾아볼 생각은 하지 않을 테니 누구도 찾지 못했을 가능성이 높다.

"참 아까워. 너도 공부 좀 하고 그랬으면 우리랑 같은 패가 될 수도 있었을 텐데."

하지만 그는 어린 마음에 위험한 장난을 쳤고, 이제 그 대가를 받아야 하는 상황이다.

"제발요…… 흑흑흑."

"걱정하지 마. 오래는 못 살 테니까."

장길수가 히죽거리는 그때, 문이 열리면서 한 사람이 들어왔다.

그의 손에는 묵직한 상자가 들려 있었다.

"찾았냐?"

"네, 다 찾았습니다. 깊숙하게도 묻어 놨더군요."

"미친 새끼."

하긴 그곳만큼 안전한 금고도 없을 것이다.

다시 흙을 채우고 떼를 묻혀 두면 티도 잘 나지 않고, 시간이 지나면 뿌리가 엉키면서 진짜로 드러나지 않게 된다.

"뭐, 찾았으니."

어깨를 으쓱한 장길수는 옆에 놓아둔 펜치를 들었다.

"일단 와서 이 새끼 아가리부터 벌려. 뽑을 게 많으니까 서두르자고."

"으아아!"

서장필은 비명을 질렀지만 이미 상황은 돌이킬 수 없었다.

그렇게 그의 이가 펜치에 물리는 순간이었다.

문이 벌컥 열리면서 한 무리의 사람들이 들이닥쳤다.

"손들어! 경찰이다!"

"움직이지 마! 움직이면 쏜다!"

"뭐…… 뭐야?"

장길수는 당황했다.

갑자기 여기서 경찰이 왜 튀어나오는지 이해가 가지 않았다.

"이런 썅!"

아무리 장길수라고 해도 지금 상황에서 느긋하게 손들 생각은 없었다.

그는 전력을 다해서 뒷문으로 뛰기 시작했다.

하지만 뒷문 쪽 역시 사람들이 들이닥쳐 오고 있었다.

완벽하게 포위당했다는 소리다.

이것이 법이다

"이런 염병."

이렇게까지 몰려왔다는 것은 모든 게 다 드러났다는 소리다.

그들 사이에 있던 서태웅이 수갑을 내밀면서 장길수에게 다가갔다.

"감히 내 사건의 피의자를 데리고 와서 고문해? 아주 죽으려고 환장했구나. 당장 체포해!"

그는 그렇게 말하면서 슬쩍 시선을 돌렸다.

모든 사람들의 시선이 고문하던 쪽으로 쏠려 있는 상황.

그럴 수밖에 없다.

피가 흥건하고 바닥에 빠진 손톱이 굴러다니면 그쪽으로 시선이 안 갈 수가 없다.

'이거군.'

그는 그들의 시선을 피해 슬쩍 상자 쪽으로 다가갔다.

뭔지 모르지만 가득 담겨 있는 서류들.

서태웅의 머릿속에 출동하기 전 노형진과 했던 대화가 떠올랐다.

"혹시 부패한 검사가 되어 보실 생각 있습니까?"

"부패한 검사요? 설마 증거라도 빼돌리자는 겁니까?"

"네."

"그건 좀 그러네요. 다른 건 모르지만 피해자들에게 최대한 보상은 해 줘야 하지 않습니까?"

달리 피해를 보는 사람이 없거나 혹은 정부에서 커버해 줄 수 있는 사항이라면, 그는 슬쩍 노형진을 도와줄 생각이 있었다.

하지만 그들이 저지른 범죄에는 분명 피해자가 있었을 테고 그 기록을 가지고 배상을 해 줘야 한다.

"그래서 드리는 말씀입니다."

"그래서요?"

"이거 가지고 가면 안 덮일 것 같습니까?"

서태웅은 부정하지 못했다.

지난번에도 청계 사건을 덮기 위해 정부에서는 엄청나게 노력했다.

그런데 이번에는 명확한 증거까지 튀어나온 상황.

아마도 들어가는 순간 그가 아닌 다른 검사가 이 사건을 담당하게 될 테고, 모든 것은 어둠 속으로 사라질 가능성이 높아진다.

"그렇게 둘 수는 없지요. 제가 검사직을 걸고라도 이거 공개할 겁니다."

"그럴 필요 없습니다. 대신할 사람이 있는데 왜 그럽니까?"

"네? 그게 무슨 말씀이신지요?"

"정보 길드가 있지 않습니까?"

"정보 길드? 아하! 들어 봤습니다."

범죄자들의 범죄 기록을 구매하고 그걸 경매에 부치는 형식으로 비싸게 팔아서 돈을 버는 조직이다.

"그들에게 넘긴다면 알아서 공개될 겁니다."

"그건……."

검찰 입장에서는 그건 부정부패다. 그걸 제공한 사람들에게 적지 않은 돈을 주는 게 정보 길드니까.

하지만 노형진의 말에 서태웅은 긴 한숨을 내쉬었다.

"이걸 검찰에 내놨다고 치죠. 그래서 어떻게 세상에, 언론에 드러났다고 칩시다. 한국에서 손해배상 청구 소송을 해야 할 텐데, 그러면 저쪽에서 얼마나 줄 것 같습니까? 검사님이니까 아시지 않습니까? 대한민국에서 손해배상액은 터무니없이 작다는 걸요."

그나마 살인같이 목숨이 걸려 있는 건 그나마 좀 나은 편이다.

하지만 협작질로 기업을 삼키거나 사기를 친 경우 그 손해배상금은 터무니없이 낮아질 가능성이 높다.

더군다나 그 대상이 지금 돈이 있고 권력이 있는 자라면 더더욱 말이다.

"끄응……."

서태웅은 자신도 모르게 신음을 냈다.

노형진의 말이 틀린 게 하나도 없으니까.

"하지만 그렇게 하면 그 돈은 모조리 정보 길드가 먹는 거 아닌가요?"

서태웅은 정보 길드가 노형진이 만든 거라는 걸 모른다.

당연히 그 돈을 그들이 다 먹는다고 생각한다.

"제보자 이름을 그분들 이름으로 올리면 되지요. 아마 서태웅 씨와 나눈다고 해도 손해배상보다는 최소한 몇 배, 많으면 몇십 배는 더 받아 낼 수 있을 텐데요?"

서태웅은 더 고민이 되었다. 그 말이 사실이니까.

"그리고 피해자들에게 복수의 기회를 줄 수도 있지요."

"기회를 준다?"

"그들이 제보하기 위해 호가를 올릴 수도 있지요."

보통은 그걸 복수재단이 하지만, 이번에는 피해자들에게 연락해서 그들에게 호가를 올리라고 할 수 있다.

어차피 진짜로 줄 돈이 아니니 피해자들은 마음대로 호가를 올릴 수 있고 상대방은 피가 바짝바짝 마를 것이다.

"그리고 결국 상대방이 못 내면 모든 걸 털어 올 수 있지요."

결국 그들은 돈은 돈대로 빼앗기고 처벌도 피하지 못한다.

"딱 한 번만 눈감으면 됩니다."

"으음……."

결국 서태웅은 눈을 질끈 감았다.

그리고 현재.

"어서 저 새끼들 다 체포해! 어서! 구급차 부르고!"

모두가 정신없이 범인을 체포하는 와중에 서태웅은 슬쩍

상자를 몸으로 가렸다.

그리고 그 뒤에서 조용히 다가온 한 남자.

그는 마치 증거 수집을 하는 것처럼 조용히 다가와서 상자를 들고 바깥으로 나갔다.

워낙 입구 쪽은 신경 쓰지 않았기에 그가 나가는 걸 그 누구도 신경 쓰지 않았고, 그렇게 청계의 비밀은 노형진의 손에 들어왔다.

⚖

얼마 후 복수재단에서 발송된 메일 하나로 대한민국 정재계는 난리가 났다.

쉬쉬하면서도 그들은 어떻게든 이리 뛰고 저리 뛰었다.

"사람들에게 배상해야 하는 돈이 최소한 몇천억 단위는 나올 것 같아."

노형진은 맨 처음 사건을 가지고 온 손채림에게 사건의 전말을 설명해 주며 느긋하게 아이스크림을 입에 넣었다.

따뜻한 바람이 그들이 있는 공원을 감돌고 있었다.

"최소?"

"그래. 그들이 호가를 올리면 더 올라가겠지. 성에 찰 때까지."

피해자가 그 보상이 마음에 들어서 조용히 호가를 멈추면 정부에서 재판하는 것보다 수십 배는 더 많은 돈을 받게 되는 거고, 복수를 원한다면 그들이 망할 때까지 미친 듯이 호가를 올리면 그만이다.

"우연이 만들어 낸 사건치고는 일이 참 커졌다."

"그러니까 말이야. 진짜로 나비효과인 건지 뭔지."

어찌 되었건 그들이 할 수 있는 것은 다 했다.

남은 건 이제 피해자들의 손에 들어갔다.

"그나저나 조용히 만나 달라고 하다니, 뭔 바람이 불어서 그래?"

노형진은 고개를 갸웃하며 물었다.

그녀는 새론에서 일하던 사람이고 노형진의 사람이다. 그래서 지금도 새론에 들어오는 게 어렵지 않다.

그리고 새론만큼 이야기하기 좋은 곳도 없고 말이다.

"아니, 사실은 말이지, 새론과 상관없는 제의가 들어와서 그래."

"제의? 뭐 스카우트 제의라도 들어온 거야? 나보다 더 맞춰 준대?"

"그게 가능한 사람이 세상에 있는지는 모르겠다."

코웃음을 치는 손채림. 그녀는 남은 아이스크림을 입에 쏙 넣었다.

"좀 황당한 사건이기는 한데."

"한데?"

"너한테 사건 하나 맡기고 싶다네."

"나한테? 날 어떻게 알고?"

"네가 미국에서 미결 사건 몇 개를 해결했잖아."

"그건 그렇지."

노형진은 미국에서 몇 건의 미결 사건을 해결함으로써 적지 않은 돈을 벌었다.

그렇다 보니 어느 순간부터는 자산이 정확하게 측정하는 것도 힘들 만큼 늘어났다.

초 단위로 앞자리가 달라지기 때문이다.

"그걸 왜 너한테 부탁하는데?"

노형진은 고개를 갸웃했다.

그녀는 아스가르드를 운영하고 있지만 노형진과 공식적으로 밀접한 건 아니다.

"의뢰를 하려고 한다면 새론에 부탁해도 되는 건데."

"조용히 처리하고 싶다는 거지."

"흠……."

분명 공식적으로 처리하면 기록에 남는다.

미결 사건 운운하는 걸 보니 감춰진 진실을 찾는 모양이고.

"의뢰인이 누군데?"

"영국 귀족이야."

"에? 영국?"

영국은 유럽이다.

그리고 노형진은 유럽에 어떠한 영향력도 없다.

물론 투자된 자금은 있지만 변호사로서의 활동 근거는커녕 활동 경험도 없다.

"도대체 뭔 사건이기에 날 불러?"

"어…… 《로미오와 줄리엣》?"

"《로미오와 줄리엣》? 그건 현실이 아니라 소설이잖아. 그걸 내가 어떻게 해결해?"

손채림은 배시시 웃었다.

"현실판이 있기는 있더라고."

"으잉?"

노형진은 눈을 찌푸리면서 손채림을 물끄러미 바라볼 수밖에 없었다.

《로미오와 줄리엣》의 현실판

"내가 무슨…… 무당이나 강령술사냐?"

"그러니까 네가 해결해 달라는 거잖아."

"아나, 쓰읍."

"돈 많이 준대."

"돈이 문제냐, 이게?"

노형진이 머리를 부여잡을 수밖에 없는 사건.

그건 진짜 《로미오와 줄리엣》과 상황이 비슷했다.

"그러니까 의뢰인들이 영국 귀족가의 젊은 커플이라는 거지?"

영국에는 계급제도가 있다.

당연히 귀족 가문도 있고, 그들의 자존심은 하늘을 찌른다.

"그리고 폴슨 가문과 디어슨 가문은 원수고 말이지."

폴슨 가문과 디어슨 가문은 원수다.

물론 현대에 그게 말이나 되느냐고 할지도 모르지만, 종교 전쟁으로 수백만을 학살하는 게 인간이다. 가문끼리의 원한 때문에 수백 년을 싸우는 것도 인간이고 말이다.

"그 두 가문의 남녀가 눈이 맞았다라……."

노형진은 혀를 끌끌 찼다.

진짜 현실판 《로미오와 줄리엣》이다. 물론 《로미오와 줄리엣》처럼 상대방 가문 사람을 죽이는 일은 없겠지만 말이다.

"맞아. 그런데 그 원한의 이유가 벌써 100년 가까이 되어 가거든."

폴슨 가문의 조상을 디어슨 가문의 조상이 죽였다.

그게 원한이 되었고 100년에 걸쳐 전해 내려왔다.

"그런데 그게 진실은 아닌 것 같다?"

"그래. 좀 웃긴 의뢰지?"

두 가문은 당연히 두 사람의 결합을 결사반대하고 있다. 원수니까.

그리고 당사자들은 최악의 경우 가문에서 나가는 것까지 각오하고 있는 상황이다.

"그런데 디어슨 가문의 조상이 죽지 않았을 가능성도 있다? 증거는?"

"없어."

손채림은 어깨를 으쓱했다.

"그쪽 조상님께서 강림해서 하신 말씀인가 봐. 그쪽도 답답하니까 무당한테 물어봤다던데?"

"허?"

노형진은 어이가 없어서 말이 안 나왔다.

벌써 100년 전 사건을 무당 말만 믿고 해결하란다.

"그게 가능하겠냐?"

"나야 모르지. 하지만 두 가문 다 우리 아스가르드의 중요한 손님들이야. 양쪽 다 중심 가문이라, 한쪽이라도 관계가 끊어지면 귀족가 절반이 날아갈 판국이라고."

"아, 씁. 염병할."

"네가 욕을 하는 걸 보니 답이 없나 보구나."

"욕이 안 나오게 생겼냐?"

100년 전 사건을 뭔 수로 해결하란 말인가?

재판을 할 것도 아니고 유전자 검사를 할 수도 없다.

물론 무덤을 파서 시신을 꺼내서 검사하는 방법도 있지만, 무덤에서 조상의 시신을 꺼내는 것을 두 가문이 인정할 리 없다.

"그 무당이 가짜 아냐?"

"여럿 찾아간 모양이야. 그런데 다 아니라고 했다더라고."

그 말이 사실이라면 두 가문의 반목은 의미가 없는 거고 결혼을 반대할 이유 역시 사라진다.

"두 가문의 반목은 영국 여왕도 골치 아파 하는 일인가 봐."

"끄응…… 그렇겠지."

귀족 집단을 이끄는 가문. 그들이 부딪치면 귀족제 국가인 영국이 시끄러울 수밖에 없다.

물론 현대에 와서 귀족의 힘이 약해지고 사실상 거의 명예만 남은 상황이라고 해도 말이다.

"만일 이 문제를 해결하면 우리는 영국에서 어마어마한 세력을 얻게 되는 거라고."

거대한 두 가문의 결합. 그들의 후계자가 결합하는 순간 영국은 어마어마한 변화를 경험하게 될 게 뻔하다.

그리고 그걸 이루어 준 노형진과 아스가르드에 아주 우호적으로 나올 테고 말이다.

"아, 쓰읍……."

그냥 무시하자니 워낙 파급력이 큰 건수라 놓을 수가 없다.

더군다나 마냥 개소리라고 할 수도 없는 게, 노형진은 회귀까지 경험했고 그의 친구인 오광훈은 죽었다가 다시 살아난 인간이다. 이런 상황이니 귀신은 없고 귀신이 한 말 같은 건 헛된 희망이라고 생각할 수도 없다.

"환장하시겠네."

노형진은 머리를 북북 긁었다.

"어떻게, 거절해?"

"거절이라……. 이걸 어떻게 거절하냐? 성공했을 때 그들의 지원을 받으면 우리가 얻을 이익이…… 끄응."

좋든 싫든 시도는 한번 해 봐야 하는 상황이다.

시도했다가 실패하면 어쩔 수 없다지만, 시도도 안 하고 거절하면 좋은 이미지를 줄 수가 없으니까.

"하지만 시작하기 전에 일단 전문가를 만나 봐야지."

"전문가? 한국에 영국 역사 전문가가 있어?"

"영국 역사 전문가는 아니고."

노형진은 어깨를 으쓱했다.

"귀신 전문가는 있지."

⚖

"영국 귀신은 영어 씁니까?"

노형진의 질문에 안 보살은 뭔 개소리냐는 얼굴이 되었다.

"내가 무당만 수십 년을 했지만 그런 질문을 하는 놈은 네 놈이 처음이다. 웬 영국 귀신?"

"아니, 사실은 무슨 일이 있느냐면요……."

노형진의 설명을 들은 안 보살은 혀를 끌끌 찼다.

"언어는 인간이 만든 선이야. 그걸 가지고 귀신들이 싸우겠냐?"

"그러면 텔레파시 같은 걸로……?"

"그걸 내가 어떻게 알아!"

"흠, 하긴 그건 중요한 게 아니기는 하군요."

중요한 건 이 사건을 어떻게 해결하느냐다.

그냥 놔 버리기에는 그 보상이 너무 좋다.

영국 귀족 사회의 전폭적인 지지라니.

"도대체 얼마나 오래된 사건이기에 그러는 게냐? 수백 년이 지났으면 적당히 잊어야지. 수백 년의 원한을 가지고 있으면 승천하고 싶어도 승천도 못 할 텐데?"

"그렇게까지 오래된 건 아닙니다. 1차대전 당시의 사건이라고 하더군요."

"1차대전?"

"네."

1차대전 당시에 두 사람은 같은 전투에 투입되어 전우로서 함께 싸웠다.

"그 난장판에서 누가 죽였는지 어떻게 알아?"

"그게 문제죠."

치열한 공방전이 벌어진 전쟁터. 남을 챙기는 것은 사실상 불가능한 현실.

그곳에서 디어슨가의 사람은 살아남았다.

폴슨가의 사람은 죽었고 말이다.

"그런데 디어슨가의 사람이 그랬다더군요. 폴슨가의 사람을 죽인 것은 자신이라고."

"자백했다고?"

"일단 그렇게 보입니다."

문제는 디어슨가 사람도 멀쩡한 건 아니었다는 것이다.

그는 반쯤 정신이 나간 상태에서 그러한 진술을 하고 나서 과다 출혈로 결국 사망했다.

"문제는 그들이 아군이었다는 거죠."

거기에다 같은 전투에 투입된 아군이다.

서로가 서로를 죽일 이유가 없었다.

"두 사람이 친했다고 하더냐?"

"일단 입대할 때까지만 해도 친했다고 하더군요."

같은 귀족 학교를 나왔고 자주 만나서 같이 놀러 다녔다고 하니, 아예 데면데면하거나 전쟁 와중에 뒤통수칠 정도로 원한을 가진 것은 아닌 것 같았다.

"그런데 왜 죽인 거래?"

"모릅니다."

고개를 흔드는 노형진.

"유일한 증언이 그거였으니까요. 정작 당사자는 그 말 한 마디만 하고 죽었고요."

"흠."

"그래서 진실을 알고 싶은데, 그게 가능할까요?"

"가능할 리 없지. 그게 가능하면 세상에 미결 사건이 어디 있겠어?"

"그건 그렇겠네요."

진짜로 초혼해서 그냥 범인이 누구냐고 물어보면 그만이니까.

"어찌 되었건 그 사건으로 인해 두 사람 다 죽었고 황당한 복수심이 생긴 건 확실하네요."

그 사건 이후에 두 가문은 원수가 되었다.

이 문제를 해결하기 위한 방법은 없었고 말이다.

"다른 사람들은 그걸 해결하지 못했나?"

"해결할 틈이 없었지요."

1차대전 초기에 벌어진 사건. 모든 것은 전쟁을 위해 덮고 가야 했고, 그들은 원한만을 키웠다.

그렇게 1차대전이 끝난 후에는 만신창이가 된 영국의 재건이 우선이었고 재건이 끝날 때쯤에는 2차대전이 시작되었다.

그리고 그 당시 같은 부대에 속해 있던 사람들이 대부분 사망하면서 누구도 진실을 알 수 없게 되었다.

"그런데 이제 와서 해결을 해 달라네요."

"육시랄. 죽은 놈은 죽은 놈이지."

어찌 되었건 그 1차대전의 원한이 지금까지 내려오면서 두 가문의 반목을 낳았다. 더군다나 그 두 가문은 거대 귀족가. 그들의 반목은 그들을 따르는 다른 가문들의 반목이 되었다.

"암 걸리겠구만."

"안 보살님이 그 정도면 저는 어떻겠습니까?"

"하긴 그렇지."

안 보살은 고개를 끄덕거렸다.

"하지만 가 볼 만은 할 거야."

"가 볼 만할 거라고요? 해결은 할 수 있는 겁니까?"

"나야 모르지."

"네?"

안 보살은 혀를 끌끌 차며 말했다.

"점쟁이들이 해 줄 수 있는 건 문제 해결이 아니야. 기회를 주는 거지. 백날 굿하고 부적 써 봐. 당사자가 노력하지 않으면 아무것도 못 해."

"그건 그렇지요."

"일단은 네가 해결할 수 있을지 없을지는, 가 봐야 알겠지."

"끄응."

노형진은 눈을 찌푸렸다.

그러니까 확실한 건 아무것도 없다는 소리다.

"하지만 기회는 있다는 거군요."

안 보살은 고개를 끄덕거렸다.

"기회는 있지. 그리고 그건 네가 어떻게 하느냐에 따라 달라지는 것이고."

원론적인 이야기다. 하지만 한 가지는 확실했다. 일단은 영국으로 가야 한다는 것 말이다.

"암 걸리겠네, 진짜."

다음 권으로 이어집니다

꿈의 도약, 로크에서 하십시오
(주)로크미디어에서 신인 작가를 모십니다

즐거운 세상, 로크미디어는 꿈을 사랑하고 도전을 두려워하지 않는 작가 분들의 참신한 작품을 기다리고 있습니다. 21세기 장르 문학계를 이끌어 갈 차세대 선두 주자 (주)로크미디어에서 여러분의 나래를 활짝 펴 보시길 바랍니다.

모집 분야 판타지와 무협을 포함한 장르 문학
모집 대상 아마추어 작가, 인터넷 작가
모집 기한 수시 모집
작품 접수 시 유의 사항
　　1. 파일명은 작가명_작품명.hwp형식을 갖춰 주십시오.
　　1. 파일에 들어갈 내용은 다음과 같습니다.
　　　ー 성명(필명인 경우 실명을 밝혀 주세요), 연락처, 이메일 주소
　　　ー 제목, 기획 의도
　　　ー A4용지 1장 분량의 등장인물 소개
　　　ー A4용지 2장 분량의 전체 줄거리
　　　ー 본문
　　1. 작품이 인터넷에 연재되고 있다면, 게시판명과 사이트의 구체적이고 정확한 주소를 기재해 주십시오.

선택된 작품은 정식 계약 후 출판물로 간행되어 전국 서점에 유통됩니다.
작가 분은 (주)로크미디어의 전폭적인 지원하에 전속 작가로 활동하시게 됩니다.
※ 자세한 내용은 로크미디어 홈페이지(rokmedia.com)를 참조하세요.

(03920)서울시 마포구 성암로 330 DMC첨단산업센터 3층 318호
(주)로크미디어 편집부 신간 기획 담당자 앞
전화 : 02) 3273 - 5135
www.rokmedia.com　　이메일 : rokmedia@empas.com

무림 초보

천마 만들기

쥬레이 신무협 장편소설

무공을 1도 모르는 무림 초보도 천마가 될 수 있다!
킹메이커를 뛰어넘는 천마 메이커!

신상 무협 게임에 접속하려다 정신을 잃은 서정후
느닷없이 무림에 떨어진 데다 뇌옥에 갇힌 채 눈을 뜨는데……

당신도 될 수 있다, 최강의 천마!
목표를 이룰 수 있도록 돕겠습니다.
'무림 초보! 천마로 만들기!' 지금 시작합니다.

새로운 세계에 적응하기도 전에 나타난 수상한 홀로그램 창은
하루하루 밥 벌어먹기도 힘든데 천마가 되라고 한다?

가진 것 하나 없이 밑바닥에서부터 기어오르는
근본 없는 놈의 대반전 천마 도전기!

회귀자를 건드리면 벌어지는 일 ♡

이해날 퓨전 판타지 장편소설

복수력 MAX! 통수력 MAX!
판타지에서도 이해날의 대유잼은 계속된다!
『회귀자를 건드리면 벌어지는 일』

인류의 존망을 걸고 이계와 싸우다
배신당하고 과거로 돌아간 유성현
유폐된 신 지르힐과 계약하고
자신이 예언 속 인물임을 알게 되는데……

"그와 계약한 존재는 전지전능해진다고 하지.
그 힘을 취하기 위한 전쟁이 일어난다면,
넌 어떻게 할 생각인가?"

힘을 탐내는 존재들을 죽이고 이용해
인간을 초월하지만
그가 바라는 것은 오직 인류의 승리뿐!

무량대수의 미래, 그중 단 하나의 가능성을 찾아라!
두 개의 세상이 격변하는 통쾌한 반전이 시작된다!